Robin Fuchs, das sind **Christian Handel, Jana Ronte, Nica Stevens und Andreas Suchanek.** Gemeinsam schreiben die vier Autor:innen für Audible die Original-Reihe „Pech & Schwäfel".

PECH & Schwäfel

Tot im Pool

ROBIN FUCHS

Erstausgabe Dezember 2023

Tot im Pool

ISBN 978-3-98778-844-4
E-Book-ISBN 978-3-98778-700-3

Covergestaltung: Anne Gebhardt
Umschlaggestaltung: ART.Core Design
Unter Verwendung von Abbildungen von
© Pictrider, © Igillustrator, © Sentavio, © Roi and Roi
Lektorat: : Jana Ronte
Satz: dp DIGITAL PUBLISHERS GmbH
Druck und Bindung: Books on Demand GmbH, Norderstedt

Prolog

»Zu viel gefeiert?« Belustigt beobachtete Charlotte Kreutzer ihre junge Angestellte dabei, wie diese drei Anläufe brauchte, um ihr Fahrrad in den Ständer vor dem Fitnessstudio zu bugsieren.

Samira antwortete mit einem undefinierbaren Brummen. Im Licht der Straßenlaterne wirkte sie unnatürlich blass, die schwarz gefärbten Haare standen nach allen Seiten ab, als sei sie gerade erst aus dem Bett gefallen.

Charlotte hielt ihr einen Thermobecher hin. Das veranlasste Samira das erste Mal am heutigen Tag, den Mund aufzumachen. »Schwarztee?«

»Mit drei Stück Süßstoff. Und einem Schuss Milch.«

Ein glückliches Lächeln breitete sich auf Samiras Gesicht aus. Sie nahm den Becher entgegen, schnupperte an der Öffnung und trank einen großen Schluck.

»Du bist die beste Chefin der Welt!«

»Ich weiß.« Charlotte grinste und trank aus ihrem eigenen Becher.

»Na gut, bringen wir's hinter uns.« Samira begann, in ihrem Rucksack nach dem Schlüssel für das Gebäude zu kramen. Als sie ihn gefunden hatte, ging sie an Charlotte vorbei zur Eingangstür.

Die runzelte die Stirn. »Willst du dein Fahrrad nicht abschließen?«

»Wozu? Es ist mitten in der Nacht.«

»Es ist halb sechs morgens.«

»Am Karnevalsfreitag.« Samira warf ihr einen vielsagenden Blick zu. »Meine Mitbewohnerin ist erst vor einer Stunde nach Hause gekommen.«

Charlotte schnippte mit dem Finger. »Eben.«

Wie um ihr Recht zu geben, trug der Wind in diesem Moment das Gegröle einiger Feiernder heran, die durch die dunklen Straßen des Ortes nach Hause stolperten.

Samira ließ sich jedoch nicht beunruhigen. »Das hier ist Niederteerbach, Charly, nicht Köln.« Sie deutete hinauf zu der kleinen Überwachungskamera, die an der Gebäudewand angebracht war. »Und sollte sich tatsächlich jemand mein altes Klappergestell schnappen, finden wir sofort heraus, wer es war.« Sie stieß den linken Flügel der Eingangstür auf und verschwand im Gebäudekomplex.

Charlotte warf einen letzten Blick zu den Fahrradständern, zuckte mit den Schultern, trank noch einmal aus ihrem Thermobecher und folgte ihrer Angestellten ins Innere. Vielleicht hatte Samira ja recht. Niemand war so blöd, vor laufender Kamera ein Verbrechen zu begehen. Zumindest nicht in nüchternem Zustand.

Zu behaupten, sie putze gern, wäre eine glatte Lüge gewesen. Trotzdem mochte Charlotte ihren Beruf. Das Kleingewerbe, mit dem sie sich vor vierzehn Jahren selbständig gemacht hatte, verschaffte ihr ein Stück Unabhängigkeit von ihrem Mann, das sie zwar nicht unbedingt brauchte, aber genoss. Und anders als Samira machte ihr das frühe Aufstehen nichts aus. Vielleicht sollte sie regelmäßig die Schicht bei *Fit with Fun* übernehmen. Heute war sie nur für Etienne eingesprungen, der sonst mit Samira hier sauber machte und über das verlängerte Wochenende zu seiner Familie nach Frankreich gefahren war – um dem Karnevalstrubel zu entgehen.

»Haben die hier Weiberfastnacht gefeiert, oder was?«, fragte Samira, nachdem die Neonröhren über ihren Köpfen angesprungen waren und nun das Fitnessstudio in künstliches Licht tauchten.

Charlotte stellte ihren Thermobecher auf den Empfangstresen und blickte sich um. »Also wenn, dann haben sie sich ziemlich zurückgehalten«, erwiderte sie, wunderte sich aber auch darüber, dass neben den Crosstrainern einige Pappbecher und zwei leere Sektflasche standen und auf einem Laufband ein aufgeklappter Pizzakarton lag.

Samira deutete hinüber zu den Kraftstationen. »Irgendein Honk hat jedenfalls seine Sachen liegen lassen.«

Tatsächlich. Im Schatten einer Hantelbank stand eine rote Sporttasche, daneben ein Fitness-Shaker aus Edelstahl.

»Ich hol von hinten erst mal ein paar Mülltüten«, beschloss Charlotte. »Schaust *du* dich kurz in den Umkleiden und im Poolbereich um, damit wir wissen, *wie* schlimm es ist?«

Samira nickte und Charlotte schlüpfte in den Flur, der zu den hinteren Räumen führte. Dort gab es eine kleine Rumpelkammer, in der sie ihre Reinigungsgeräte und die Putzmittel lagerten. Ein bisschen wunderte sie sich schon: Sie arbeitete nicht erst seit der Neueröffnung des Fitnessstudios vor ein paar Wochen für Konstantin Odenthal, und in den letzten Jahren hatte er sie immer im Vorfeld informiert, wenn in seinen Geschäftsräumen nach Dienstschluss eine kleine Feier angesetzt worden war. Andererseits konnte man bei einem Pizzakarton und ein paar Getränken auch noch nicht von einer Feier reden. Sie griff gerade nach den Müllsäcken auf dem oberen Regalbrett, als Samiras Schrei markerschütternd durch das Gebäude hallte.

»Was ist los?« Mit klopfendem Herzen stolperte Charlotte in den Poolraum, in dem es unangenehm nach Chlor roch.

Samira stand wie erstarrt am Beckenrand. Als Charlotte neben ihr zum Stehen kam, sah sie, was ihr einen solchen Schock versetzt hatte: der Mann im Pool. Um wen es sich handelte, konnte sie nicht sagen. Er lag, mit dem Rücken zu ihnen, auf dem Grund des Beckens. Alles, was sie erkennen konnte, war, dass er dunkle Haare hatte und die hässlichste Badehose trug, die sie jemals gesehen hatte.

Und natürlich, dass er tot war.

Ihre Zähne begannen zu klappern und ihr Körper zu zittern. »Wir müssen die Polizei rufen.«

Kapitel 1

Maike erinnerte sich nicht daran, wann sie das letzte Mal freiwillig so früh auf der Polizeiwache gewesen war. Nicht einmal Kaffee konnte ihre Müdigkeit verdrängen – weder der, den sie von zu Hause mitgebracht, noch der, den sie widerwillig mit der Kaffeemaschine des Reviers zubereitet hatte. Aber schlechter Kaffee war besser als gar kein Koffein. Beherzt nippte sie an der angeschlagenen Tasse mit der Aufschrift *70 Jahre Blasorchester Niederteerbach* – und verzog angewidert den Mund. »Igitt.«

Gut. Erkenntnis am Freitagmorgen: Kein Koffein war besser als schlechter Kaffee. Ihre Zunge fühlte sich an, als hätte sie an einer Autobatterie geleckt.

Zum hundertsten Mal in den letzten zwanzig Minuten flog ihr Blick auf die Digitalanzeige der Uhr auf ihrem Computerbildschirm: fünf Uhr vierzig. Viel zu früh für Harry, um die Fressoase zu eröffnen und einen anständigen Kaffee zu kochen. Schon gar nicht am Morgen nach Weiberfastnacht.

Andererseits saß sie ja genau deshalb jetzt gerade hier: Weil Harry eben noch nicht am Marktplatz stand und weder Gabi noch Lukas in der Wache waren. Da sie dem Drängen ihrer Kollegen nachgegeben hatte, befand sich noch nicht mal Nachtschicht-Erwin im Gebäude, um die Arrestzelle zu überwachen. »Über die

Karnevalstage bleibt die geschlossen«, hatte Gabi ihr erklärt. »Das ist Tradition so.« Und damit war die Sache erledigt gewesen.

Blieb zu hoffen, dass sich die Niederteerbacher Verbrecher an die Tradition hielten.

Maike blickte erneut auf die Uhr. 5:41 Uhr.

Na gut. Mit einem Seufzen schnappte sie sich den Spiralblock, den sie mitgebracht hatte, und gab den nächsten Namen auf ihrer Liste in den Computer ein

Bergmann, Reinhold,

blinkte auf dem Bildschirm auf.

Schreinermeister in der Sargfabrik von 1973 bis 2001. Gestorben 2007. Verheiratet.

Maike gab den Namen der Ehefrau in ein Suchfeld ein, nur um festzustellen, dass auch *Gisela Bergmann* bereits seit einigen Jahren nicht mehr unter den Lebenden weilte. Kinder hatten die beiden dem Computerprogramm zufolge nicht gehabt.

Mit einem Seufzen strich sie den Namen auf ihrer Liste durch. Auf zum nächsten: *Cöllen, Armin.*

Auf die Idee, noch vor Dienstbeginn mehr über die Angestellten der Sargfabrik herauszufinden, war Maike erst vor ein paar Stunden gekommen. Ihre Wohnung lag direkt am Marktplatz, und über den waren die halbe Nacht lang Feiernde gestolpert, sich angeregt unterhaltend oder schrecklich schief Karnevalslieder grölend. Maike hatte sie selbst durch die geschlossenen Fensterscheiben gehört. Kurz hatte sie erwägt, auf der

Couch zu schlafen. Im Wohnzimmer gab es zumindest kein Fenster. Schließlich war ihr jedoch ihre Rechercheliste in den Sinn gekommen.

Seit Philipp sie darauf hingewiesen hatte, dass auf dem Foto, das Billies mutmaßlicher Entführer verloren hatte, das Büro seines Chefs abgebildet war, ließ sie die Sargfabrik gedanklich nicht mehr los. Wenn der Täter ein altes Foto des Geschäftsführerbüros besaß, hatte er vielleicht vor zweiundzwanzig Jahren dort gearbeitet.

Der Geschäftsführer, dem das Büro damals gehörte, war seit über zehn Jahren tot, und der neue Besitzer der Sargfabrik, Vincent Rossbach, war damals noch nicht in Niederteerbach gewesen.

Also hatte Maike sich vorgenommen, die Mitarbeiter der Sargfabrik zu durchleuchten, die vor etwa zweiundzwanzig Jahren dort gearbeitet hatten, einen nach dem anderen. Bis sie endlich etwas herausfand, das ihr und Zoe weiterhalf.

Oder verrannte sie sich gerade?

Nein, sie war sich sicher, dass derjenige, der das Mädchen in Frankfurt im letzten Jahr ermordet hatte, auch für das Verschwinden von Billie verantwortlich war. Und sie war es ihrer Freundin schuldig, dass sie herausfand, was damals wirklich geschehen war. Dafür hatte sie sich überhaupt erst nach Niederteerbach versetzen lassen.

Aber auch Armin Cöllen war ein Dead End. Ebenso wie *Craemer, Franziska*.

Maike seufzte. 5:53 Uhr. Vielleicht ...

Ein durchdringendes Geräusch schrillte durch die leere Wache und ließ Maike zusammenzucken.

Noch ein Schrillen.

Das Telefon. Aber nicht ihres, sondern der Hauptanschluss der Wache. Elektrisiert rollte Maike mit ihrem Drehstuhl zurück, stand auf und ging hinüber in das andere Büro. Misstrauisch starrte sie auf das Telefon, das gerade ansetzte, erneut zu klingeln. Schnell hob sie ab.

»Polizeiwache Niederteerbach«, meldete sie sich. »Kriminalhauptkommissarin Maike Pech. Guten Morgen?«

»Maike, ich bin's.«, erklang eine wohlvertraute Stimme.

»Jens?«

»Was machst du so früh auf der Wache?«

»Warum rufst du so früh auf der Wache an?«

»Ich komme nur meiner Aufsichtspflicht nach.«

Maike verdrehte die Augen. »Haha, nicht mal du als – rein theoretisch – mein Chef – darfst so früh Witze machen.«

»Ich bin es nicht nur rein theoretisch, Maike«, erinnerte er sie.

»Ah, richtig«, antwortete sie ironisch. »Ist wohl noch zu früh für einen klaren Gedanken. Wenn du dich so sehr um mich sorgst, wie wär's mit einem Kaffeevollautomat für die Wache?«

Jens lachte. »Vielleicht fragst du da besser eure Bürgermeisterin.«

»Die Graefe? Eine gute Idee. Die hat mir schon angedroht, ein paar Dienstfahrräder für das Rathaus anzuschaffen.« Sie räusperte sich. »*Wir werden ja schließlich alle nicht jünger und Bewegung hält fit*«, äffte sie die Bürgermeisterin nach.

»Was hast du geantwortet?«

»Was schon? Sport ist Mord.«

Jens räusperte sich. »Das bringt mich auch direkt zum Thema meines Anrufs. Du hast einen Toten in Niederteerbach. Schon wieder.«

Mit wenigen Worten erläuterte Jens, was vorgefallen war. Anschließend rief sie Lukas an.

»Hab ich verschlafen?!« Der junge Polizeikommissar klang völlig verschreckt.

Trotz der Ernsthaftigkeit der Lage grinste Maike in sich hinein. »Nicht, wenn du dich sofort auf die Socken machst. Wie lang brauchst du, um zum Fitnessstudio zu kommen?«

»In Niederteerbach?« Der Arme klang ganz verwirrt.

»Nein, Lukas«, antwortete sie gedehnt. »In Hollywood. Natürlich in Niederteerbach. Kriminalhauptkommissar Jens ... also Jens Breuer hat gerade angerufen. Wir haben eine Leiche.«

Das schien Lukas sofort wachzurütteln. »Bei *Fit with Fun?*«

»Ein junger Mann. Ist vermutlich im Pool ertrunken. Oder wurde ertränkt. Die Spusi ist auf dem Weg hierher. Ich geh schon mal rüber. Du kommst so schnell wie möglich nach, okay?«

Sie hörte es am anderen Ende der Leitung klappern. »In einer halben Stunde bin ich da.«

»Guter Junge.« Maike legte auf, bevor Lukas etwas erwidern konnte.

Ihre Lippen zuckten, während sie ihr Smartphone einsteckte. Sie konnte nichts dafür, es machte einfach zu viel Spaß, Lukas ein bisschen aufzuziehen. Seit ihrer Ankunft in Niederteerbach vor fünf Monaten hatte er etwas von seiner Steifigkeit verloren, aber er war noch immer so dienstbeflissen und engagiert wie an ihrem ersten Tag. Während die Bürotür hinter ihr zufiel, gestand Maike sich ein, dass es sehr angenehm war, Lukas bei Ermittlungen an ihrer Seite zu wissen. Er war anders als ihre ehemaligen Kollegen in Berlin. Und vielleicht war sie sich deshalb so sicher, dass er es noch weit bringen würde. Zumindest, wenn er es schaffte, nicht allzu viele schlechte Angewohnheiten von ihr zu übernehmen.

Die Neueröffnung des *Fit with Fun* war am letzten Januar-Wochenende mit großem Pomp gefeiert worden. Maike war nicht dort gewesen, doch Bürgermeisterin Sabine Graefe hatte es sich nicht nehmen lassen, vor der ganzen Belegschaft der Wache ihre flammende Rede zu üben, die sie auf der Veranstaltung halten wollte. Darin hatte sie das neue, mit allerlei Steuerbegünstigungen geförderte Niederteerbacher Fitness- und Spa-Zentrum als Teil der Initiative bezeichnet, die den Ort zu »einem noch attraktiveren Urlaubsziel« machen sollte. Irgendwie war es der Graefe sogar gelungen, eine bekannte Influencerin an Land zu ziehen, die demnächst über »die neue Wohlfühloase« berichten würde. Der Großteil der Niederteerbacher stand, so Gabi, hinter der Bürgermeisterin und ihren Plänen. Einigen Dorfbewohnern jedoch war ihre Politik und das Ausmaß dessen, wie viel Geld sie in die Initiative steckte, ein Dorn im Auge. Und auch wenn Maike sich keinen Deut für den kleinsten Rosenmontagsumzug der Welt interessierte, fragte sie sich, ob die Graefe dort ihr Fett wegbekommen würde.

Schick ist der Spa-Bereich allerdings geworden, ging es ihr durch den Kopf, während sie auf das Fitnessstudio zuging. Sie hatte ohnehin vorgehabt, bald mal hier aufzuschlagen. Mithilfe des preisgünstigen Eröffnungsangebots hoffte Maike, den inneren Schweinehund zu überwinden, der sich immer dann besonders stark zu Wort meldete, wenn es um sportliche Betätigungen ging. Tja, jetzt war ihr tatsächlich die Arbeit zuvorgekommen.

Ein Mann mittleren Alters erwartete sie an der Eingangstür des *Fit with Fun*. Er war nicht viel größer als sie, trug eine Glatze, war extrem gebräunt – sie tippte auf Solarium – und sein tomatenrotes T-Shirt spannte über seinen Muskeln. Ein erleichterter Ausdruck erschien auf seinem Gesicht, als sie auf ihn zuschritt. »Frau Pech, dem Himmel sei Dank sind Sie da.«

Maike nickte dem Fremden freundlich zu. »Und Sie sind?«

Er blickte sie irritiert an. »Konstantin Odenthal. Mir gehört das Studio.«

Ah ja. Jetzt erinnerte sie sich. Sie hatte sein Foto im Niederteerbacher Volksblatt auf Gabis Schreibtisch gesehen. Nicht, dass sie selbst dieses Schmierblatt lesen würde.

»Bin ich die Erste?«, fragte sie.

Konstantin Odenthal nickte. »Ihre Kölner Kollegen sind aber bereits unterwegs. Soll ich Sie jetzt zum ... Fundort bringen?«

»Moment.«

Maike fischte aus ihrer Jackentasche ein Paar Plastiküberzieher, die sie auf der Wache eingesteckt hatte, und zog sie sich über die Schuhe. Beim nächsten Blick auf ihr Gegenüber zog sie ein weiteres Paar hervor und reichte sie Odenthal. Der räusperte sich, zog sie jedoch über.

»Das alles ist mir furchtbar unangenehm«, beteuerte er, während er sie durch den Trainingsraum führte.

Sie runzelte die Stirn. »Unangenehm? Weshalb?«

Die Ohrenspitzen des Mannes begannen zu glühen. »Na ja...«, stammelte er. »Ein Toter. So kurz nach der Eröffnung.«

Sie nickte und ließ den Blick umherschweifen. Der Raum, den sie durchquerten, war vollgestopft mit ultramodernen Geräten. Mindestens zehn Stepper und Crosstrainer standen aufgereiht an einer folienbeschichteten Glaswand.

Sie zog den Parka enger um sich. Es war verdammt frisch hier drin. »Warum war der Mann überhaupt nachts hier? War das ein Mitarbeiter?«

Odenthal schüttelte den Kopf.

»Ein Einbrecher?«, riet sie weiter.

»Nein.«

Maike bemerkte, dass Odenthal ihr nicht in die Augen schaute. Interessant. Sie setzte gerade zu einer weiteren Frage an, als sie die Tür erreichten, die zum Indoor-Pool führte.

Auf den weißen Fließen lag eine Rettungsstange.

Maike starrte sie entsetzt an. »Sie haben doch nicht etwa versucht, den Körper selbst zu bergen?!«

»Nein«, beteuerte Odenthal gleich. »Also ... ja, das heißt, wir dachten zunächst, wir sollten etwas tun! Aber dann wurde mir klar, dass das keine gute Idee ist und dass wir besser warten sollten.«

»Wir?«

»Die Mitarbeiterinnen der Reinigungsfirma. Sie haben … ihn entdeckt und mich angerufen.«

Überrascht blieb Maike stehen. »Ach so, Sie haben die Leiche gar nicht selbst gefunden?«

Odenthal verneinte.

»Wo sind denn diese Mitarbeiterinnen jetzt?«, fragte sie.

»Frau Kreutzer und ihre Kollegin? Die warten hinten im Aufenthaltsraum. Brauchten erst mal einen Kaffee.«

Maike nickte. »Sie sollen bitte nicht gehen, ehe ich mit ihnen gesprochen habe.«

»Selbstverständlich.«

Odenthal machte sich auf den Weg, um den Damen Maikes Wunsch auszurichten, während Maike an den Rand des Pools trat. Die Leiche lag auf dem Grund des Beckens. Was für ein befremdlicher Anblick. Nicht, weil die Haut des Mannes durch das Wasser sehr blass wirkte. Oder weil sie glaubte, erkennen zu können, dass er ordentlich durchtrainiert war. Es lag vielmehr daran, dass ihr seine nackten Pobacken förmlich entgegenstrahlten. Sie ging in die Hocke.

Trug der Kerl tatsächlich einen neonfarbenen Tanga?

Von ihrem Platz am Pool aus nahm sie den Raum in Augenschein, achtete jedoch tunlichst darauf, ihren Bewegungsradius klein zu halten, um der Spurensicherung die Arbeit nicht zu erschweren. Odenthal waren solche Überlegungen offensichtlich völlig fremd. Als er zurückkam, lief er schnurstracks an ihr vorbei, bevor sie ihn aufhalten konnte.

»Stopp«, fuhr sie ihn an. »Bleiben Sie bitte draußen, bis die Spurensicherung hier ihre Arbeit gemacht hat.«

Odenthal erstarrte. »Natürlich«, versicherte er und steckte die Hände in die Taschen seiner Trainingshose.

Maikes Blick glitt zur Rettungsstange neben dem Pool. *Wahrscheinlich ist es dafür eh zu spät,* dachte sie resigniert. Schließlich waren bereits vor ihrem Eintreffen mindestens drei Personen eifrig hier durchgestiefelt. Walther Pöller würde sich freuen.

»Einer der Damen geht es nicht gut«, berichtete Odenthal jetzt. »Sie fragt, ob Sie sich beeilen könnten.«

Maike seufzte. »Klar. Es geht ja auch nur um eine Leiche. Können Sie mich zu Ihnen bringen?«

»Natürlich.«

»Sie haben mir noch nicht geantwortet: Wissen Sie, wer der Mann ist?«, fragte sie, während sie neben Odenthal herlief.

»Ich bin mir nicht sicher!«

»Könnte er ein Kunde sein?«

»Nein! Ich meine: Ich glaube nicht. Er war –«

»Frau Pech!«, hallte da die Stimme von Walther Pöller vom Eingang her auf sie zu. »Wenn Sie so weitermachen, muss ich mir noch eine Wohnung in Niederteerbach suchen.«

»Pöller« begrüßte Maike ihren Kollegen von der Spurensicherung. »Na kommen Sie, Ihnen gefällt es doch hier.«

»Na ja, wenigstens ist es diesmal warm und trocken. Sonst ist der Tatort in Ihren Fällen ja gern mal ein Sandhaufen oder mitten im Wald.«

Maike verschränkte die Arme. »Wir wissen noch gar nicht, ob es ein Tatort ist, Herr Kollege.«

Pöller verdrehte die Augen, sparte sich jedoch eine Antwort und machte sich auf den Weg zum Pool.

Maike wandte sich an den Fitnessstudiobesitzer. »Wo finde ich denn nun die beiden Damen von der Reinigung?«

»Ach, stimmt ja. Entschuldigen Sie, bitte. Hier entlang.«

Während Maike Konstantin Odenthal hinterherlief, streckte sie ihre Muskeln und gähnte ausgiebig. Vielleicht war es heute Morgen doch ein bisschen früh gewesen. Sie blickte sie auf das Display ihres Smartphones. Sechs Uhr Siebenundzwanzig. Wo blieb eigentlich Lukas?

Kapitel 2

Viel konnte Maike aus den beiden Frauen nicht herausbekommen. Schon gar nicht, um wen es sich bei dem Toten handelte.

»Wie soll man das sagen? Wir haben ihn ja nur von hinten gesehen«, erwiderte Samira auf Maikes Frage. »Aber im Studio steht eine Sporttasche. Vielleicht gehört die ihm.«

Das war interessant. »Haben Sie die Tasche angefasst oder geöffnet?«

Samira schüttelte den Kopf.

»Dazu war gar keine Zeit«, ergänzte Charlotte.

»Zeigen Sie mir die Tasche bitte mal.«

Samira wirkte genervt. »Klar, aber die können Sie gar nicht verfehlen. Steht direkt neben der Hantelbank. Können wir jetzt endlich nach Hause, bitte? Mir geht es nicht sonderlich gut.« Demonstrativ legte sie eine Hand auf den Bauch.

Maike nickte und gab den beiden je eine Visitenkarte mit der Bitte, sich bei ihr zu melden, falls ihnen noch irgendetwas einfiel. Außerdem bat sie die Frauen um ihre Telefonnummern, für den Fall der Fälle.

»Eins noch«, sagte sie, nachdem sie ihren Notizblock in ihre Hosentasche gestopft hatte.

»Ja?«, fragte Charlotte.

»Die Maschine dort«, sie deutete auf das Sideboard, auf dem ein hochmoderner, schwarzglänzender Vollautomat stand, »könnte ich mir damit vielleicht schnell einen Kaffee machen?«

Charlottes Miene verzog sich bedauernd. »Das tut mir leid.«

»Die Kaffeebohnen sind alle«, ergänzte Samira. »Herr Odenthal bunkert sie zu Hause, weil die eine Zeitlang geklaut worden sind. Er wollte eigentlich heute welche mitbringen, aber ob er daran vorhin gedacht hat ...«

»Kein Problem.« Maike mühte sich, verständnisvoll zu klingen. Natürlich waren die Bohnen ausgerechnet dann alle, wenn sie hier ermitteln musste. Sie hasste Sportstudios!

Der Tag wurde immerhin ein bisschen besser, als sie nach vorn ging und Lukas in die Arme lief. Er trug nicht nur Überzieher über den Schuhen, sondern auch bereits Gummihandschuhe.

»Da bist du ja«, begrüßte sie ihn.

Verlegen zog er die Schultern bis hinauf zu den Ohrläppchen. »Die Ampel auf der Zufahrtsstraße war schon wieder ewig rot.«

»Tatsächlich? Dabei hat das Spa doch schon längst geöffnet.« Maike schmunzelte. So viel zu Sabine Graefes wahnwitziger Überzeugung, ihr Kontrahent, der Bürgermeister des Nachbarortes, habe die Ampelanlage zwischen den beiden Dörfern manipulieren lassen, um den Transport von Baustoffen für das Center zu verzögern.

Ihr Blick schweifte zu den Krafttrainingsstationen, bis sie die Sporttasche entdeckte, von der Samira gesprochen hatte.

»Was ist denn passiert?«, wollte Lukas wissen.

»Komm mit, ich zeig's dir.«

Odenthal stand mit verschränkten Armen und angespanntem Gesicht an der Tür zum Poolbereich und beobachtete das geschäftige Treiben der Spurensicherung. Walther Pöller und seinen Kollegen war es gelungen, die Leiche des Mannes aus dem Becken zu bergen.

»Denkt an die Überzieher!«, rief Pöller ihnen entgegen, als er sie an der Tür entdeckte.

»Natürlich!«, versicherte Lukas und hob das rechte Bein, um zu zeigen, dass er daran bereits gedacht hatte.

Pöller war heute schlecht gelaunt, dabei hatte er es doch heute so gemütlich in dieser Wellnessoase. Maike verkniff sich einen Kommentar, griff nach einem Paar Gummihandschuhen und zog sie an. Erst dann gingen sie hinüber zur Leiche.

Attraktiv, schoss es ihr durch den Kopf, als sie dem Toten ins Gesicht blickte. Sein Oberkörper war durchtrainiert, wie sie vermutet hatte.

»Unfall?«, fragte Lukas hoffnungsvoll.

»Eher nicht.« Pöller deutete auf den Hals des Toten, wo gerötete Streifen die Haut überzogen.

»Oha.« Maike beugte sich über die Leiche und besah sich die Striemen näher. »Was denken Sie? Wurde er erwürgt?«

»Kann ich noch nicht sagen. Aber auch nicht ausschließen.«

»Gibt es sonst noch Spuren?«

»Frau Pech! Bin ich die Rechtsmedizin?«

»Ach, Herr Pöller ...«

»Nee, Frau Pech. Wir haben die Leiche grad aus dem Wasserbecken geholt. Ein bisschen Geduld brauchen wir jetzt.«

Sie nickte, zückte ihr Smartphone und fotografierte das Gesicht des Toten.

»Im Fitnessraum steht übrigens eine rote Sporttasche. Die sollten Sie sich auch mal anschauen.«

»Schon gesehen. Kümmern wir uns gleich drum, ebenso wie um den Pizzakarton und die Flaschen. Wir sind doch Profis, Frau Pech.«

»Na dann.« Maike wandte sich an Lukas und machte ihm ein Zeichen, ihr zu folgen.

»Nichts anfassen da draußen, verstanden?«, rief ihnen Pöller hinterher.

Sie hob die Hand und streckte ihm den Daumen entgegen. »Keine Sorge, Herr Pöller. Wir sind doch Profis.«

Gemeinsam mit Konstantin Odenthal verließen Maike und Lukas das *Fit with Fun*. Sie setzte sich mit dem Betreiber auf eine kleine Bank in der Nähe des Kosmetikstudios. In keinem der anderen Geschäfte des Spa-Centers brannte Licht.

Maike runzelte die Stirn. »Putzen Ihre Reinigungskräfte nur *Ihren* Shop oder auch alle anderen?«

Odenthal schüttelte den Kopf. »Auch die anderen, aber die haben heute geschlossen. Am Tag nach Weiberfastnacht kommt doch sowieso niemand.«

»Aber *Sie* öffnen?«, fragte Lukas.

»Nicht offiziell«, antwortete Odenthal nach kurzem Zögern.

Maike atmete tief ein und wieder aus. Wieso gab es Menschen, denen man jedes Wort aus der Nase ziehen musste?

»Das müssen Sie uns genauer erklären.« Sie erhob sich, damit sie Odenthal direkt ins Gesicht blicken konnte.

Dem stieg schon wieder die Röte ins Gesicht. »Nun. Ich habe das Studio vermietet. Privat, sozusagen.«

»Vermietet? Privat? An wen?«

Odenthal wand sich auf der Bank hin und her. »Darf ich nicht sagen.«

»Herr Odenthal, wenn ich Sie kurz an ein unwichtiges Detail erinnern darf: In Ihrem Pool lag eine Leiche!« Sie hielt ihm das Handy-Display vors Gesicht. »Wissen Sie, wer dieser Mann ist?«

Der Fitnessstudiobesitzer schluckte, während er das Foto anstarrte, das Maike vorhin geschossen hatte.

»Ja«, sagte er schließlich. »Ich meine, ich weiß nicht, wie er heißt. Rick irgendwas. Ich hab ihn nur ein- oder zweimal getroffen.«

»Er ist also kein Kunde von Ihnen?«

Odenthal schüttelte heftig den Kopf. »Er ist nicht von hier.«

Maike warf einen Blick auf das Smartphone, ehe sie es wieder in ihrer Tasche verstaute. Kurz nach sieben. Der Tag konnte ja heiter werden. Sie war jetzt schon müde. Entschlossen, sich das nicht anmerken zu lassen, verschränkte sie die Arme. »Jetzt lassen Sie sich doch bitte nicht alles aus der Nase ziehen. Was wissen Sie?«

»Nichts!« Empört schnellte Odenthal hoch. Sein Gesicht leuchtete jetzt fast so rot wie sein T-Shirt.

Maike zog es vor, schweigend abzuwarten. Lukas, der gerade Anstalten machte, den Mund zu öffnen, bedeutete sie mit einem leichten Kopfschütteln, es ihr gleichzutun.

Odenthal knickte schließlich ein. »Das Ganze muss unter uns bleiben, verstanden? Ich darf nicht darüber sprechen.«

Maike riss die Augen auf. »Ach so! Na, wenn das so ist, dann gehen wir am besten einfach alle wieder nach Hause und kehren die Sache unter den Tisch, was?«

»Nun ...«

»Wir können gern auch einfach aufs Revier gehen und dort alles Weitere besprechen«, schlug Lukas vor.

Odenthal griff sich mit beiden Händen an den Kopf und stöhnte. Er wirkte nicht wie jemand, der in ein Verbrechen verwickelt war, sondern eher wie jemand, der nicht glauben konnte, was um ihn herum gerade vor sich ging.

»Herr ...«, begann Maike, doch er unterbrach sie.

»Schon gut, schon gut. Ich erzähl's Ihnen ja. Ich habe das Studio wie gesagt vermietet.«

Allmählich riss ihr doch der Geduldsfaden. »An wen?«

»An eine Filmproduktionsgesellschaft. Aus Berlin. Sie haben hier gedreht. Der Kerl ... der Tote ... Er ist einer der Darsteller.«

»Schon wieder ein Berliner«, murmelte sie ungläubig. »Da hätt ich ja gleich in der Hauptstadt bleiben können.«

»Er war nur ein paar Tage hier. Beruflich, wie gesagt.«

»Und war er auch beruflich in Ihrem Fitnessstudio?«

»Nachtaufnahmen. Und heute Mittag sollte es weitergehen mit dem Dreh. Aber das hat sich dann wohl erledigt.«

»Und warum machen Sie da so ein Geheimnis draus?«

Odenthal seufzte. »Könnte sein, dass so eine Untervermietung in *meinem* Mietvertrag nicht so ganz eindeutig geregelt wurde.«

»Verstehe. Und heute Nacht war nur die Filmcrew anwesend? Sie nicht? Oder einer Ihrer Mitarbeiter?«

»Nein«, sagte Odenthal. »Niemand von uns. Ich hab ihnen einen Schlüssel gegeben.«

»Ich müsste Sie mal kurz unterbrechen, Frau Kollegin.«

Pöller stand in der Eingangstür des *Fit with Fun.* In der einen Hand hielt er ein Handtuch, in der anderen etwas, das Maike aufgrund der Entfernung nicht deutlich genug sehen konnte, um es zu erkennen.

»Was ist los?«, fragte sie.

Er kam auf sie zu. »Wir wissen jetzt, wer der Tote ist.« Er hielt ihr einen Personalausweis entgegen.

Jonas Sperling,

stand darauf.

Geboren am 17. August 1983. Wohnhaft in Berlin.

»Danke.« Sie nickte Pöller zu, dann lächelte sie Lukas an, der bereits die Personalien des Toten auf seinen Notizblock schrieb. »Und das Handtuch gehört ihm?«

»Vermutlich. Es lag neben seiner Sporttasche. Da ist aber noch etwas ...« Er zögerte, bevor er weitersprach, warf einen Blick auf den Studiobesitzer.

Maike nickte und ging mit ihm ein paar Schritte weiter, um sich ungestört unterhalten zu können. »Was haben Sie gefunden?«

»Schauen Sie mal.« Er streckte Maike das Handtuch entgegen. Auf dem blauen Stoff glitzerte es. Eine silbrigweiße Masse war darin eingetrocknet.

»Also entweder hat sich jemand feste die Nase geschnäuzt und hatte kein Taschentuch zur Hand, oder das ist ...?« Maike schaute ihn bedeutungsvoll an.

Der Kollege nickte. »Sperma. Vermutlich.«

Der neonfarbene Tanga kam ihr wieder in den Sinn. Was um Himmels Willen hatte Jonas Sperling in dieser Nacht getrieben? Sie wandte sich zu Konstantin Odenthal um.

»Wo finde ich den Rest dieser Filmcrew?«

Kapitel 3

Durch den herandämmernden Morgen liefen Maike und Lukas zurück zur Wache. Über den Häusern von Niederteerbach ging gerade die Sonne auf. Maike fröstelte. Ob das nun am wenigen Schlaf lag oder daran, dass es selbst für Februar unangenehm kalt war, konnte sie nicht sagen.

Auf dem Marktplatz öffnete Harry gerade die Fressoase. Als er sie sah, hob er die Hand und winkte ihnen zu.

»Ich hab der Gabi schon deinen Kaffee mitgegeben!«

Maike streckte beide Daumen nach oben, verzichtete allerdings darauf, ihm eine Antwort über den halben Marktplatz hinweg zurückzubrüllen.

Lukas seufzte. »Ich wünschte, ich hätte ihr geschrieben, sie soll mir auch einen mitbringen.«

»Du trinkst Kaffee?«, fragte sie überrascht.

»Heute hätte ich nichts dagegen.« Er gähnte demonstrativ hinter vorgehaltener Hand.

Seite an Seite stiegen sie die Stufen zum Rathaus empor. Im Treppenhaus stürmte eine Frau mit äußerst sauertöpfischen Gesichtsausdruck an ihnen vorbei.

»Guten Morgen«, sagte sie knapp.

»Morgen«, erwiderte Lukas freundlich, Maike nickte nur.

Denn wenn et Trömmelche jeit,

Noch bevor sie die Tür zur Wache öffneten, schallte ihnen das erste Karnevalslied aus dem Radio entgegen.

dann stonn mer all parat ...

Ja, Gabi war definitiv bereits im Büro.

Tatsächlich stand sie im Gang und blickte ihnen entgegen. Als sie ihre beiden Kollegen sah, hellte sich ihre Miene auf. »Guten Morgen und Allaaf!«

un mer trecke durch die Stadt,
un jeder hätt jesaat ...

»War das nicht das Frauchen von Waldi, Gabi?«, fragte Maike, nachdem sie sich begrüßt hatten.

Gabi verdrehte die Augen. »Heike Zumwinkel, richtig.«

»Sag nicht, ihr Dackel hat schon wieder Knochen ausgebuddelt? Eine Leiche am Tag reicht ja wohl.«

»Jemand ist tot?« Gabi war entsetzt. »Aber es ist doch Karneval!«

»Wir kommen gerade vom *Fit with Fun*«, berichtete Lukas. »Die Reinigungsfirma hat heute Morgen einen Toten im Pool gefunden.«

»Ach herrje! Heute?«

»Du sagst es. Noch wissen wir allerdings nicht sicher, ob Fremdeinwirkung vorliegt.«

Maike hätte Lukas' Optimismus gern geteilt, aber dafür hatte sie vermutlich in Berlin zu viel gesehen. Und, wenn man es genau nahm, eigentlich auch in Niederteerbach. Sie zog ihren Parka aus und wandte sich an Gabi: »Du müsstest bitte ein paar Sachen überprüfen. Meldeadresse des Toten und den üblichen Hintergrundcheck. Lukas und ich müssen gleich weiter. Aber erst brauch ich einen Kaffee.«

»Steht schon auf deinem Tisch.«

»Danke.«

Gabi hob einen pinkfarbenen USB-Stick in die Luft. »Ich leg den nur kurz zur Seite, dann komm ich zu dir rüber. Ich wollte sowieso etwas mit dir besprechen.«

»So? Um die Zeit?«, fragte Maike.

»Unter vier Augen«, sagte Gabi geheimniskrämerisch.

Maike hängte ihren Parka am Garderobenhaken auf und warf der dünnen Rigipswand, die ihr Büro von dem ihrer Kollegen trennte, einen skeptischen Blick zu. Der Raum war so hellhörig, dass ein Gespräch »unter vier Augen« schwierig werden dürfte.

Kölle Alaaf, Alaaf – Kölle Alaaf,

klang der Refrain von *Wenn et Trömmelche jeit* nebenan aus den Boxen.

»Vielleicht auch nicht«, murmelte Maike, während sie sich an den Schreibtisch setzte und nach dem Kaffee griff, der dort für sie bereitstand. Wenn Gabi weiterhin vorhatte, einen Karnevalshit nach dem nächsten laufen zu lassen, würde sich Lukas sicher freiwillig die Ohren zuhalten.

Ein paar Minuten später drehte Gabi tatsächlich das Radio noch etwas lauter. Anschließend kam sie zu Maike herüber und schloss sorgsam die Tür hinter sich.

Maike musste schmunzeln. »Wo drückt denn der Schuh?«

Ihr Blick fiel auf das, was ihre Kollegin in der Hand hielt, und ihr verging das Lachen. Ihr Spiralblock! Mist. Den hatte sie nach dem Anruf von Jens vollkommen vergessen.

»Der lag auf dem Boden, als ich heute Morgen reingekommen bin, um deinen Kaffee abzustellen«, erklärte Gabi.

Auf dem Boden? Er musste heruntergefallen sein, als sie zum Telefon gegangen war.

»Du hast sie gelesen?« Es war mehr Feststellung als Frage. Ehrlich gesagt wusste sie nicht, was sie davon halten sollte.

Gabi nickte betreten. »Nicht mit Absicht, ehrlich. Ich hab den Block aufgehoben und als ich ihn auf den Tisch gelegt habe, ist mir der Name Jessica Kleinschmitz aufgefallen. Ist mir förmlich entgegengesprungen.«

»Aha.«

»Jessica ist eine Freundin von mir. Schon ewig. Ist sie in Schwierigkeiten?«

Maike nahm Gabi den Block aus der Hand und legte ihn, mit der Schrift nach unten, auf den Schreibtisch. »Setz dich.« Sie deutete auf den Besucherstuhl.

Er scharrte, als Gabi den Stuhl zu sich heranzog. Sie setzte sich und machte ein betretenes Gesicht.

»Deine Freundin ist nicht in Schwierigkeiten«, erlöste sie ihre Kollegin. »Jedenfalls glaube ich das nicht. Was die Liste angeht –«

»Schon gut, Maike. Geht mich nichts an.«

»Nein, nein.« Maike schüttelte den Kopf. »Vielleicht ist es an der Zeit, dass ich es euch erzähle. Ist ja eigentlich auch kein Geheimnis.«

Gabi richtete sich auf dem Stuhl auf. Überraschung und Neugier standen ihr im Gesicht.

»Warte kurz«, bat Maike und griff nach dem Telefon.

»Polizeiwache Niederteerbach. Kommissar Lukas Yilmaz«, meldete sich Lukas, kaum, dass es einmal geklingelt hatte.

»Ich weiß«, erwiderte Maike amüsiert.

»Sorry. Ist so ein Reflex.«

»Kannst du bitte mal kurz rüberkommen?«

»Klar.«

Sie hatte fast aufgelegt, als sie den Hörer noch einmal ruckartig anhob. »Und, Lukas: Tu mir einen Gefallen und dreh diese Musik leiser.«

Maike überließ Lukas ihren Bürostuhl. Sie selbst lehnte sich mit dem Rücken gegen die Wand und verschränkte die Arme vor der Brust. Ihre Kollegen blickten sie gespannt an. Wo sollte sie bloß anfangen?

»Ich bin nicht zufällig nach Niederteerbach gekommen«, begann sie schließlich.

Gabi und Lukas wechselten einen Blick.

»Vor über zwanzig Jahren war ich schon einmal hier«, fuhr Maike fort. Ihre Hände begannen zu kribbeln und ihr Hals wurde eng. Es war ihr noch nie leichtgefallen, über die Sache mit Billie zu sprechen.

»Ich war noch in der Schule. Wir waren im Landschulheim, Oberstufenfahrt. Zoe, ich – und unsere beste Freundin.« Sie fixierte Gabi. »Billie.«

Gabis Augen weiteten sich. »Das verschwundene Mädchen«, flüsterte sie.

Maike nickte. Ihre Kehle hatte sich nun endgültig zugezogen.

Gabi drückte sich die Hand auf die Brust.

»Was ist mit ihr passiert?«, wollte Lukas wissen.

»Das hat niemand herausgefunden. Der Fall gilt bis heute als ungeklärt.«

»Ich erinnere mich«, sagte Gabi leise. »Das war eine Aufregung damals, im ganzen Dorf. Aber niemand hat etwas gewusst und die Polizei hat einfach nichts herausgefunden. Keine Spur. Irgendwann hat man die

SoKo wieder aufgelöst. Man hat angenommen, das Mädchen ist weggelaufen.«

»Das ist sie aber nicht!«, widersprach Maike so heftig, dass Gabi und Lukas zusammenzuckten. Etwas ruhiger wiederholte sie. »Das ist sie nicht. Das hätte Billie niemals gemacht. Niemals.«

»Ach, Maike«, entschuldigte sich Gabi. »Es tut mir so leid. Ich wusste doch nicht, dass ihr euch gekannt habt.«

Lukas nestelte an seinem Hemdärmel herum. »Mir tut es auch leid. Es ist nur ...«

»Ja?«

Lukas beugte sich vor. »Warum bist du ausgerechnet *jetzt* hergekommen und nicht schon früher? Gibt es eine neue Spur? Hast du einen Verdacht?«

Maike nickte. »In Frankfurt wurde vor ein paar Monaten eine Mädchenleiche gefunden – und in ihrer Nähe eine Tasche, die vermutlich dem Mörder gehört.« Sie erinnerte sich an den Moment in Jens' Büro, in dem sie die Fotos der Gegenstände in der Akte entdeckt hatte, die in dieser Tasche gefunden worden waren. Mit aller Macht musste sie dagegen ankämpfen, dass ihr Tränen in die Augen stiegen. Sie erinnerte sich an dunkelblaue und violette Fäden, Billies Lieblingsfarben. An die Stunden Arbeit, die es sie gekostet hatte, sie zu verknüpfen. »Bei den Sachen war auch ein Armband, von dem ich mir sicher bin, dass es Billie gehört hat. Und ein Foto von Niederteerbach. Genauer gesagt, ein Foto, das in der Sargfabrik aufgenommen wurde.«

Gabi blickte hinüber zum Spiralblock auf dem Schreibtisch. »Ermittelst du deshalb unter den Mitarbeitern dort?«

»Ich ermittle nicht.« Maike löste sich von der Wand und ging zum Fenster. »Ich überprüfe nur ein paar Namen. Der Fall ist offiziell nicht wieder eröffnet worden. Es liegen einfach zu wenig neue Ansätze vor.«

Draußen wurde es langsam heller.

Sie spürte eine sanfte Berührung an der Schulter. Es war Gabi. »Ich kann dir dabei helfen. Falls du willst.«

»Ich auch«, versprach Lukas sofort. »Auch, wenn ich keine Ahnung habe, wie. Und solange wir uns im Rahmen des Gesetzes bewegen, natürlich.«

Maike musste lächeln und drehte sich zu den beiden um. »Ach ihr.«

Auch Lukas war aufgestanden. Er und Gabi blickten sie mit angespannten Mienen an, scheinbar bereit für jeden Auftrag, den sie ihnen geben wollte.

Was Zoe wohl dazu sagen würde?

»Was können wir denn tun?«, fragte Lukas.

Maike zuckte mit den Schultern. »Das überlege ich mir noch. Erst mal haben wir einen anderen Fall zu lösen.«

Kapitel 4

Einen halben Kaffee später hatte sich Maikes Puls wieder beruhigt und sie fühlte sich in der Verfassung, im Fall Jonas Sperling zu ermitteln. Gabi überprüfte bereits seine Meldeadresse.

Berlin, schoss es ihr durch den Kopf. *Martin.*

Statt diesen reizvollen Gedanken weiterzuverfolgen, rief sie Sandro an. Obwohl es noch so früh am Morgen war, hob er bereits nach dem zweiten Klingeln ab.

»Maike.« Sandro klang erfreut.

»Haben Sie etwa meine Festnetznummer eingespeichert, Herr Staatsanwalt?«, neckte sie ihn. »Stecke ich in Schwierigkeiten?«

»Nur, wenn du unser Essen absagen willst.«

Sofort stieg ihr das Blut ins Gesicht. »Was das angeht ...«

»Maike.«

»Tut mir leid. Geht nicht anders. Ist wegen Karneval.«

»Ich dachte, du hasst Karneval.«

»Tu ich auch. Aber mein Bruder und meine beste Freundin nicht.«

Es dauerte eine Sekunde, bis er antwortete. »Und sie haben dich gezwungen, mit ihnen Karnevalssamstag auszugehen?«

»O Gott, nein. Das nicht. Aber ich hab ihnen versprochen, den Babysitter zu spielen und auf ihre Zwillinge aufzupassen.«

»Aha.« Sandro klang nun leicht reserviert.

»Hör mal«, versuchte sie, die Wogen zu glätten. »Es ist ja nicht so, als ob ich mich darum reißen würde. Eigentlich hätte meine Mutter auf die beiden aufpassen sollen, aber der ist was dazwischengekommen. Glaub mir, ich würde auch lieber mit dir ins *Fonda* gehen und ein leckeres Kölsch trinken, statt mit zwei Fünfjährigen Zeichentrickmusicals anzuschauen.«

»Ist das so?«, fragte er versöhnlich.

Maike atmete erleichtert auf. »Wir holen das nach, ja?«

»Wann?«

»Direkt nach Karneval.«

»Also Aschermittwoch – zum Fisch essen?«

Maike musste grinsen. »Abgemacht.«

»Abgemacht«, wiederholte Sandro.

Sie trank noch einen Schluck Kaffee. Inzwischen war er lauwarm. »Aber das ist nicht der Grund, weshalb ich dich anrufe.«

»Nicht?«, fragte Sandro unschuldig. »Schade.«

Er brachte sie schon wieder zum Grinsen. »Nein«, antwortete sie gespielt streng. »Du musst eine Obduktion bewilligen. Hier gibt's schon wieder eine Leiche.«

»Ach, Maike«, entgegnete er. »Dich muss man einfach mögen.«

Nach dem Telefonat mit Sandro rief Maike ihre beste Freundin an.

»Na, da staunst du, dass ich schon wach bin, was?«

»Ähm ...«

»Wollte dir auch nur kurz mitteilen, dass die Leiche, die ich dir heute schicke, wesentlich besser aussieht als die letzte. Sie kommt nämlich nicht in Einzelteilen.«

»Wie eklig ist das denn bitte!«, erklang die Stimme ihrer Nichte.

Vor Schreck hätte Maike beinahe ihr Smartphone fallen lassen.

»Warum gehst du ans Handy deiner Mutter?«, fragte sie Sarah vorwurfsvoll.

»Weil es geklingelt hat ...?«

»Sarah!«

Die seufzte. »Mama hat es liegen lassen. Papa bringt es ihr nachher vorbei.«

»Und warum bist du nicht in der Schule?«

»Freistunde.«

»Gut. Vergiss einfach, was ich gesagt habe.«

Sarah kicherte. »Leiche? Nicht in Einzelteilen? Schon vergessen.«

Maike verdrehte die Augen. »Bis heute Abend«

»Bis heute Abend«, erwiderte Sarah.

Maike legte auf und verließ das Büro, um Lukas zu holen. Sie wollte mit ihm zur Befragung der Kollegen von Jonas Sperling fahren, als ihr aus dem Gang die Stimmen von Bürgermeisterin Sabine Graefe und Journalist Ingo Brandt entgegenschwappten. Ausgerechnet.

»Frau Pech! Das trifft sich ja gut«, flötete die Bürgermeisterin.

Ingo Brandt kam gleich zur Sache. »Was können Sie uns über den jüngsten Mord berichten, Frau Pech?«

Er trug wie üblich einen Cordanzug in Erdfarben. In der einen Hand hielt er einen Notizblock, in der anderen einen khakifarbenen Kugelschreiber. Maike musterte die abgeschnittene Krawatte, die er trug.

»Sie wissen aber schon, dass Weiberfastnacht vorbei ist?«

Brandt ließ sich nicht beirren. »Der Mord, Frau Pech!«

»Ich habe gehört, bei uns wird ein Film gedreht?«, mischte sich Bürgermeisterin Graefe ein. »Und niemand hat mich informiert?«

Maike blickte in den Büroraum und gab Lukas mit einem Kopfnicken zu verstehen, dass sie aufbrechen wollte.

»Es steht noch nicht fest, ob es sich um einen Mord handelt«, antwortete sie Brandt. Dann wandte sie sich an die Bürgermeisterin. »Und woher wissen Sie von den Dreharbeiten?«

Die Graefe zuckte mit den Schultern. »Man hat so seine Quellen.«

Maike schlüpfte in ihren Parka. »Ganz zuverlässig sind Ihre Quellen nicht. Die drehen nämlich nicht bei uns, sondern in *Ober*teerbach. Lukas, kommst du?«

Doch so leicht ließ sich die Graefe nicht abwimmeln. »In *Ober*teerbach? Aber warum denn *dort?!*«

Das war ihr Problem? Ernsthaft? Maike musste sich zusammenreißen, um nicht den Kopf zu schütteln.

»Ihr fahrt zu einer Filmcrew«, maulte Gabi und drehte den pinkfarbenen USB-Stick in den Händen. »Und ich darf mir Videos von einer Terrierdame angucken, die ihr Geschäft erledigt.«

Maike schenkte ihr ein aufmunterndes Lächeln. »Erst mal darfst du die ganzen Daten überprüfen, die Lukas dir gegeben hat.«

Als sie sich umdrehte, strahlte Sabine Graefe sie an. »Sie fahren zur Filmcrew? Jetzt?« Maike befürchtete schon, sie wolle fragen, ob sie sie begleiten könne. Stattdessen zückte die Bürgermeisterin eine ihrer lindgrünen Visitenkarten. »Würden Sie die dem Verantwortlichen dort übergeben und ihn bitten, sich bei mir zu melden?«

»Warum?«, fragte Maike verdutzt.

»Warum?«, wiederholte die Graefe. »Sehen Sie nicht, was sich hier gerade für eine Chance auftut?«

»Ich fürchte nein.«

Die Bürgermeisterin verdrehte die Augen und hielt ihr stoisch die Visitenkarte unter die Nase. »Für Niederteerbach, Frau Pech, für Niederteerbach! Stellen Sie sich das doch nur mal vor: Unser schönes Örtchen landesweit im Fernsehen.« Ihre Augen weiteten sich. »Oder im Kino!«

»Sie wissen doch gar nicht, was da für ein Film gedreht wird«, gab Lukas zu bedenken.

Maike hatte einen Verdacht, den sie aber für sich behielt.

»Das ist doch ganz egal«, entgegnete Sabine Graefe. »Krimi, Komödie, Heimatfilm – was spielt das für eine Rolle?«

Gabi horchte auf. »Ein Heimatfilm? In Oberteerbach? Dreht man die nicht eher in Süddeutschland oder Österreich?«

Erleichtert atmete die Bürgermeisterin aus. »Genau, Frau Petzold.« Sie steckte ihre Visitenkarte in Maikes Parkatasche. Die war viel zu verblüfft, um das zu verhindern. Zufrieden lächelte die Graefe. »Die meisten Filme und Serien werden in München und Umgebung gedreht. Oder in Berlin. Und in Hamburg. In Leipzig. In Köln. Oder von mir aus sogar in Düsseldorf. Wie oft kommt es vor, dass tatsächlich jemand bei uns hier in der Gegend drehen möchte?« Sie musterte einen nach dem anderen.

»Nie ...?«, antwortete Ingo Brandt endlich.

»Sehr richtig«, sagte die Bürgermeisterin. »Nie. Und deshalb müssen Sie den Regisseur oder den Produzenten oder was weiß ich wen davon überzeugen, dass er oder sie mich anruft, Frau Pech. Herr Yilmaz, verstanden? Um alles Weitere kümmere ich mich schon.«

»Nun...«, begann Lukas.

»Bitte seien Sie so freundlich und nehmen auch meine mit?«, unterbrach Brandt ihn und hielt nun ebenfalls eine Visitenkarte in die Höhe – seine war beigefarben. »Sagen Sie ihnen, ich würde gern einen exklusiven Bericht über die Dreharbeiten schreiben.«

»Eigentlich ...«, begann Lukas erneut, aber diesmal unterbrach Maike ihn.

»Geben Sie schon her, Brandt!«

Sie zupfte die Papierkarte aus den Fingern des Journalisten und schob sich zwischen ihm und der Graefe zum Ausgang. »Komm, Lukas, wir müssen los.«

»Melden Sie sich bei mir, sobald Sie wieder da sind«, rief ihr Ingo Brandt hinterher. »Die Öffentlichkeit hat ein Recht darauf zu erfahren, was in unserem Ort vor sich geht.«

Maike verzichtete auf eine Antwort. Sie steckte Brandts Visitenkarte zu der der Bürgermeisterin – und dort würden sie vorläufig auch bleiben. Mit Sicherheit würde sie nicht diejenigen, die sie in einem Mordfall befragte, zu einem Termin bei Presse und Ortsverwaltung schicken.

Und es war ein Mordfall. Ihr Bauchgefühl irrte sich selten.

Ob Zoe den Toten bereits obduzierte?

Kapitel 5

Zoe warf Sarah mit stoischer Regelmäßigkeit vor, zu viel Zeit am Smartphone zu verbringen. Heute, wo sie ihr eigenes Zuhause vergessen hatte, musste sie sich beherrschen, nicht über das Festnetz im Büro zu Hause anzurufen und sie zu bitten, ihre Freistunde dafür zu opfern, ihrer Mutter das Handy zu bringen. Dabei lag es noch nicht einmal daran, dass sie süchtig nach dem Ding war. Was Zoe zu ihrem eigenen Ärger stresste war der Umstand, dass die Schule oder der Kindergarten sie nicht erreichen konnten, wenn mit ihrer Ältesten oder den Zwillingen etwas war. *Dann haben sie immer noch Marks Nummer,* versuchte sie sich zu beruhigen, *und die Nummer unseres Hausanschlusses.*

Und Mark würde ihr das Smartphone ohnehin im Lauf des Vormittags vorbeibringen. Es war also alles in bester Ordnung.

Vielleicht hätte sie dennoch ihrem Impuls nachgegeben und wäre in ihren SUV gestiegen und nach Hause gefahren, wenn da nicht bereits eine Leiche auf sie gewartet hätte. Der Mann mochte zwar tot sein, doch er brauchte sie trotzdem.

Sie zog sich also die Schutzkleidung über ihren anthrazitfarbenen Hosenanzug, schlüpfte in wasserfeste Schuhe und griff nach frischen Handschuhen, ehe sie den Obduktionssaal betrat. Ihre Sektionsassistentin

Mira Tierbach stand bereits neben dem Edelstahltisch, auf dem die Leiche lag, und überprüfte die Arbeitsgeräte, die sie gleich brauchen würden. Zwischen Sägen, Hämmern, Knochenhaltezangen und Meißeln lag auch bereits das Diktiergerät.

»Guten Morgen«, begrüßte Zoe ihre junge Kollegin.

»Guten Morgen.« Mira unterdrückte ein Gähnen.

Zoe grinste. »Spät geworden gestern?«

Ihre Assistentin zuckte nur mit den Schultern. »Geht schon.«

In diesem Moment hörte Zoe, wie die Tür hinter ihr aufschwang und noch jemand eintraf.

»Sorry«, entschuldigte sich Thomas Schmitt, ihr Kollege, der meist als zweiter anwesender Arzt an einer Leichenschau teilnahm. »Musste noch mal kurz telefonieren.«

Vermutlich mit seinem Smartphone, schoss es ihr durch den Kopf.

Thomas ging zum Obduktionstisch und sog Luft durch die Nase ein. »Riecht heute deutlich weniger schlimm als sonst.« Mit dem Zeigefinger schob er seine Nickelbrille höher. »Und das bei einer Wasserleiche.«

Mira nickte. »Lange kann er nicht in diesem Pool gelegen haben. Die Totenstarre hat erst vor Kurzem eingesetzt.« Sie streckte Zoe ein Klemmbrett entgegen.

Die überflog das Formular, auf dem die Assistentin sämtliche Informationen aufgelistet hatte, die ihnen bereits bekannt waren. Zoe legte es so auf einen Beistelltisch, dass sie mühelos einen Blick darauf werfen konnte, während sie die Leiche obduzierte. Anschließend berührte sie den Arm des aufgebahrten Mannes.

Mira hatte recht. Der Körper vor ihr war noch nicht so steif, dass er in seiner Lage fixiert war.

»Eine Weile war er allerdings schon im Wasser.« Sie deutete auf die schrumpelig gewordenen Finger, die so aussahen, als habe der Mann zu lang in einer Badewanne gesessen.

»Waschhautbildung«, murmelte Mira. Dann deutete sie auf sein Gesicht. »Kommt das vom Chlor?«

Zoe betrachtete die offen stehenden Augen des Toten, deren Hornhaut milchig eingetrübt waren. »Ja.« Als sie wieder aufblickte, sah sie, dass Mira nachdenklich die Stirn in Falten legte. »Alles in Ordnung?«

»Ja«, antwortete sie. »Es ist nur: Irgendwie kommt mir der Kerl bekannt vor.«

Zoe blickte überrascht auf. »Unser Toter?«

»Ich überlege schon die ganze Zeit. Aber ich komme nicht drauf.«

Alle drei betrachteten das markante Gesicht der Leiche. Obwohl alles Lebendige den Körper verlassen hatte, konnte man deutlich erkennen, dass der Mann einmal sehr attraktiv gewesen war.

»Er kommt aus Berlin«, gab Zoe wieder, was sie auf dem Formular gelesen hatte.

»Ich weiß«, erwiderte Mira, die das Formular ja ausgefüllt hatte.

»Wenn du lieber nicht an der Obduktion teilnehmen willst ...«

Mira schüttelte den Kopf. »Geht schon. Vermutlich irre ich mich sowieso.«

»Habt ihr das dort schon bemerkt?« Thomas lenkte ihre Aufmerksamkeit wieder auf die Leiche. Die Haut am Hals war dunkel verfärbt.

»Meint ihr ...«, fragte Mira, »er wurde unter Wasser gedrückt?«

»Er könnte auch erwürgt worden und dann in den Pool geworfen worden sein«, spekulierte Thomas.

Zoe wackelte mit dem Kopf. »Vielleicht. Die Frage ist: War er bereits tot, als er im Pool gelandet ist, oder ist er ertrunken?«

»Oder war er im Wasser, als er gestorben ist, hatte aber einen Herzinfarkt?«

»Auch möglich.« Sie blickte ihre Sektionsassistentin an. »Dann versuchen wir mal, das herauszufinden, oder?«

Mira schaltete das Diktiergerät ein.

»Obduktionsleitung: Rechtsmedizinerin Doktor Zoe Iyeke Schwäfel und Doktor Thomas Schmitt«, begann Zoe wie immer. »Sektionsassistenz: Mira Tierbach.« Sie nannte das Tagesdatum. »Obduktion von Jonas Sperling, 37 Jahre alt.« Sie las das Körpergewicht und die Größe des Toten vom Formular ab und berichtete von der Waschhautbildung, den mit einem Milchfilm überzogenen Augen und den Hämatomen am Hals. »Keine äußere Schaumpilzbildung«, fuhr sie fort. Der feinblasige Schaum, den man so nannte, galt als deutliches Zeichen für einen Tod durch Ertrinken. Oft fand sie diesen allerdings nicht, weil er vom Wasser abgespült wurde, eher er auf einem ihrer Tische landete.

Zoe untersuchte mit ihren Kollegen die Leiche nach weiteren Anzeichen von Gewalteinwirkung. »Oh!«, entfuhr es ihr, als sie beim glattrasierten Genitalbereich des Toten ankamen und sie den Hodensack anhob. *Das* war interessant!

Mira schaltete das Diktiergerät aus. »Ziemlich beeindruckend«, sagte sie.

Zoe schmunzelte und richtete ihre Aufmerksamkeit auf den Penis des Mannes. Obwohl Jonas Sperling tot war und sein bestes Stück durch den Aufenthalt im Wasser vermutlich geschrumpft war, konnte man es durchaus als überdurchschnittlich groß bezeichnen. Und als Rechtsmedizinerin hatte Zoe schon so einige Teile zu Gesicht bekommen.

»Das hab ich zwar nicht gemeint«, sagte sie. »Aber doch, in der Tat.«

»Echt jetzt? Darüber sprechen wir jetzt?« Thomas wirkte genervt.

Mira und Zoe wechselten einen verschwörerischen Blick. Die Assistentin öffnete gerade den Mund, um etwas zu sagen, doch Thomas war schneller.

»Der Kerl hier hat einen Tanga getragen. Neonfarben. Hat der Fahrer erzählt, der ihn vorhin gebracht hat.«

Zoe verdrehte die Augen und konzentrierte sich wieder auf die Leiche. Wer war sie, über den Kleidergeschmack anderer Leute zu urteilen? Sie beugte sich vor und hob den Hodensack noch einmal an, um ihre Vermutung zu überprüfen. Tatsächlich. Sie hatte sich nicht geirrt. Das musste sie unbedingt Maike sagen.

»Du kannst das Diktiergerät jetzt wieder einschalten«, bat sie Mira.

Die reagierte nicht. Als Zoe aufblickte, sah sie, dass ihre Sektionsassistentin blass um die Nasenspitze geworden war.

»Alles in Ordnung mit dir?«

Mira blickte abwechselnd vom Penis der Leiche hinauf zu seinem Gesicht und wieder zurück.

»Was ist denn?«, fragte nun auch Thomas.

Farbe kehrte in Miras Gesicht zurück. Im grellen Licht der Neonlampen sah Zoe, dass die junge Frau ziemlich rot wurde. »Der Tanga«, murmelte sie. »Mir ist gerade eingefallen, woher ich unseren Toten kenne.«

Kapitel 6

»Was meinte Gabi denn vorhin mit der kackenden Terrierdame?«, fragte Maike Lukas, als sie das Ortsschild von Oberteerbach passierten und gleich darauf auf eine schmale Straße ohne Mittelstreifen abbogen. Es gab eine Erschütterung, als der Wagen ein Schlagloch mitnahm, und Maike griff schnell nach dem Sicherheitsgriff über der Beifahrertür.

»Die Zumwinkels«, beantwortete Lukas ihre Frage, nachdem er auf 30 Stundenkilometer heruntergebremst hatte. »Deshalb war Frau Zumwinkel vorhin auf der Wache.«

Maike runzelte die Stirn. »Die hat diesen pinken USB-Stick gebracht? Aber die haben doch einen Dackel.«

»Der Jack Russel gehört ja auch nicht ihr«, erklärte Lukas, »sondern ihren Nachbarn. Die Zumwinkels sind davon überzeugt, dass die ihre Daisy nachts mit Absicht auf ihr Grundstück schicken, damit sie ihnen genau in den Vorgarten ... nun ja, also, dort ihr Geschäft verrichtet.«

»Was?!«

»Die haben sich noch nie gut verstanden, die Zumwinkels und die Familie Kolditz. Sagt Gabi jedenfalls.«

»Und jetzt hat die Zumwinkel ein Video davon? Vom Terrier, der ein Geschäft macht?«

Lukas nickte. »Die Zumwinkels haben eine Videokamera installiert.«

»Bisher fand ich die beiden eigentlich ganz sympathisch.«

»Na, würde es dir gefallen, wenn dir ein Hund ständig in den Vorgarten machen würde?« Lukas klang gleichermaßen angewidert und empört.

»Lass es mich so ausdrücken«, antwortete sie. »Ich bin ganz froh, dass ich nur Katzen habe.« Die machten wenigstens nur in die Wohnung, um zu protestieren, wenn Maike sie zu viel allein ließ.

Die Straße wand sich in einer scharfen Kurve einen Hügel hinauf. Von Konstantin Odenthal hatten sie erfahren, dass Sperlings Kollegen einen ehemaligen Bauernhof etwas außerhalb von Oberteerbach angemietet hatten, auf dem sie sowohl untergebracht waren als auch drehten.

»Was hältst du von der Sache mit dem Toten im Pool? Vermutlich kein Selbstmord, oder?«, fragte Lukas.

Maike schüttelte den Kopf. »Unwahrscheinlich. Und vermutlich auch kein Unfall. Die Striemen am Hals sind sicherlich kein Zufall.«

Sie tastete nach dem Smartphone in ihrer Tasche. Zu blöd, dass Zoe ihres daheim liegen gelassen hatte. Sonst wüssten sie jetzt vielleicht schon mehr. Falls die Leiche von Jonas Sperling überhaupt auf Zoes Tisch gelandet war. Da sie auch auf dem Bürotelefon nicht zu erreichen gewesen war, blieb Maike nur zu hoffen, dass das der Fall war und Zoe bereits im Obduktionsraum stand.

Von der Spitze des Hügels aus konnten sie den Bauernhof sehen, den die Filmcrew angemietet hatte: Auf der rechten Seite des Innenhofs stand eine Scheune, links davon ein großes Bauernhaus, dessen Wände weiß gestrichen und dessen Dach mit roten Ziegeln gedeckt war. Der Balkon im ersten Stock lief um mindestens zwei Seiten des Hauses herum. Selbst von hier oben wirkte das Anwesen leicht verwittert und verlassen, sah man einmal von einem halben Dutzend Pkw und einem Kleintransporter ab, die vor der Scheune standen. Auf dem Hof bewegte sich jedenfalls nichts und niemand.

»Hoffentlich platzen wir nicht direkt in irgendwelche Dreharbeiten«, sagte Lukas.

Maike schnaubte. »Die schlafen vermutlich alle noch.«

»Meinst du?«

»Die hatten doch gestern einen Nachtdreh.«

Lukas deutete auf ein Fenster im Erdgeschoss. »Dort brennt aber Licht. Vielleicht haben sie noch gar nicht bemerkt, dass ihnen einer ihrer Darsteller abhandengekommen ist.«

Sie parkten den Wagen noch vor der Einfahrt an einem Feldweg und liefen über den Hof auf das Haus zu. Im Schatten der Scheune entdeckten sie einen leeren Hundezwinger. Von den schokoladenbraun gestrichenen Balkonen blätterte die Farbe ab.

»Also nach einer idyllischen Heimatfilmkulisse sieht das hier nicht aus«, bemerkte Lukas.

Maike zuckte mit den Schultern. »Du glaubst doch nicht ernsthaft, dass die hier einen Heimatfilm drehen? In Oberteerbach.«

»Aber Frau Graefe ...«

Maike warf Lukas einen vielsagenden Blick zu und er verstummte.

Sie mussten zwei Mal klingeln und eine ganze Weile warten, bis jemand die Haustür öffnete. Eine braungebrannte dunkelhaarige Frau stand im Durchgang. Maike schätzte sie auf Mitte zwanzig bis Mitte dreißig. Es fiel schwer, ihr Alter zu bestimmen, weil sie trotz der frühen Stunde bereits stark geschminkt war. In ihren Armen hielt sie ein Kleinkind, das an einer Flasche nuckelte.

Die Frau musterte sie skeptisch. »Ja?«

Maike deutete ein Kopfnicken an. »Guten Morgen. Ich bin Kriminalhauptkommissarin Pech und das ist mein Kollege, Polizeikommissar Yilmaz. Dürfen wir reinkommen?«

Unter ihrer Schminke wurde die Frau zwei Schattierungen blasser. »Worum geht es denn?«

»Das möchte ich, wenn möglich, nicht zwischen Tür und Angel besprechen.«

Die Frau warf einen Blick über ihre Schulter, dann drehte sie den Kopf wieder ihnen zu, kaute kurz auf ihrer Unterlippe und trat zur Seite. »Gut.«

Maike schenkte ihr ein Lächeln, von dem sie hoffte, dass es freundlich und aufgeschlossen wirkte, und betrat mit Lukas im Schlepptau das alte Bauernhaus.

»Und Sie sind?«

»Marina Rosenstiel«, antwortete die Frau. »Verhalten Sie sich wenn möglich bitte leise. Es sind noch nicht alle wach.«

Die Frau führte sie durch einen schmalen Gang in eine geräumige Küche, deren Wände mit Rauputz verkleidet und mit Ölgemälden behangen waren, die Waldlandschaften und Hirsche zeigten. Auf einer grün gepolsterten Eckbank saß eine weitere junge Frau, ebenso solariengebräunt wie Marina Rosenstiel, aber blond und ohne Kleinkind auf dem Arm. Vor ihr auf dem Tisch stand ein hohes Glas mit einer schlammbraunen Flüssigkeit, vermutlich ein Smoothie.

Beim Blick auf Lukas Uniform weiteten sich ihre Augen. »Sieht ziemlich echt aus«, sagte sie. »Sexy!«

»Bisschen jung für einen Bullen, oder?«, meldete sich eine dunkle Männerstimme zu Wort. An der Küchenzeile stand ein durchtrainierter Hüne – ebenfalls solariengebräunt – und schüttete sich gerade Kaffee aus einer Kanne in einen Tonbecher. Er kam mit breitem Grinsen auf Maike und Lukas zu. »Erst die Dame«, sagte er und streckte Maike die Hand entgegen. »Kai. Und du bist?«

»Eine echte Polizistin«, stellte Marina Rosenstiel klar.

Der Kerl riss die Augen auf. »Scheiße, was?!«

»*Kriminalhauptkommissarin* Pech, mein Name«, stellte sich Maike vor. »Und das hier ist mein Kollege, Polizeikommissar Yilmaz. Mag vielleicht ein wenig jung aussehen, aber ich versichere Ihnen, er ist Polizeikommissar.«

Kai starrte sie an.

»Entschuldigen Sie bitte«, sagte Marina Rosenstiel, »wir erwarten noch ein paar neue Kollegen heute. Wir dachten ...« Sie klärte sie nicht darüber auf, was sie dachten, sondern deutete auf die freien Plätze auf der Eckbank. »Setzen Sie sich doch.«

»Danke.« Maike ließ Lukas den Vortritt, der sich unter dem musternden Blick der Blonden sichtlich unwohl fühlte.

»Sie sind echt Polizisten?«, fragte diese.

»*Echt*«, versicherte Maike.

Kai ging zurück zur Küchenzeile. »Möchten Sie einen Kaffee?«

Obwohl ihr die kurze Nacht in den Knochen steckte, schüttelte Maike den Kopf.

»Ein Glas Wasser wäre nett«, bat Lukas.

Kai öffnete einen Schrank über der Spüle. »Dürfen wir erfahren, warum Sie hier sind?« Er füllte zwei Gläser mit Leitungswasser.

»Wir würden gern zuerst mit Herrn Dudenhöfer sprechen.«

»Sascha?«, fragte die Blonde. »Was wollen Sie von ihm? Er ist nicht da.«

Maike und Lukas wechselten einen Blick. »Wo ist er denn?«

Sie nahm einen Schluck von ihrem Smoothie. »Er ist heute ganz früh nach Berlin aufgebrochen.«

Maike legte die Arme auf dem Tisch ab und spitzte die Ohren. »Warum das denn? Ich dachte, er ist der Regisseur?«

Die junge Frau zuckte mit den Schultern und warf ihrer Kollegin über ihr Getränk hinweg einen Blick zu.

»Sascha hat einen wichtigen Termin in Berlin. Er kommt heute Nacht zurück«, erklärte Marina Rosenstiel und wechselte das Kind in ihren Armen von der rechten auf die linke Hüfte.

Lukas nahm eines der Wassergläser entgegen, die Kai an den Tisch brachte, und trank einen großen Schluck. »Drehen Sie heute gar nicht, wenn der Regisseur nicht vor Ort ist?«

»Doch, klar«, antwortete der Hüne. »Andreas ist ja da.«

»Das ist unser Kameramann, er springt ein«, erklärte Marina Rosenstiel.

»Und wo ist der jetzt?«, wollte Maike wissen.

»Schläft noch«, antwortete die Blonde.

»Und Sie sind?«, fragte Maike sie.

»Svenja Ehrenwirth.«

»Svenja?«, fragte Kai ungläubig.

Die warf ihm einen giftigen Blick zu. » Denkst du, ich heiße tatsächlich Lanita?«

Maike ignorierte das Geplänkel der Schauspieler. »Was können Sie mir über Jonas Sperling erzählen?«

Kurz herrschte Schweigen am Tisch.

»Jonas?«, fragte Kai. Maike hatte den Eindruck, in seine Stimme von Kai habe sich ein frostiger Unterton eingeschlichen. »Was wollen Sie denn von dem?«

»Hat er etwas ausgefressen?«, wollte Marina wissen.

Maike beugte sich etwas vor. »Was meinen Sie mit ausgefressen?«

Marina blickte hilflos hinüber zu Kai, doch der winkte ab. »Ach, Jonas halt. Ist einfach manchmal etwas speziell.«

»Speziell? Inwiefern, Herr Kai ...?«

»Bilinsky. Kai Bilinsky. Und dazu möchte ich eigentlich nichts sagen. Wir sind nur Kollegen, keine Freunde.«

»Haben Sie schon oft miteinander gedreht?«, fragte Lukas.

»Oft genug«, antwortete Kai.

Maike musterte den blonden Schauspieler. »Sie mögen ihn nicht besonders?«

Der zuckte mit den Schultern. »Er ist gut in dem, was er tut. Aber ich mag seine Art nicht. Ist das ein Verbrechen?«

»Das nicht«, gab Maike zu.

»Was ist denn mit Jonas?«, mischte sich Marina ein.

»Dazu darf ich Ihnen aus ermittlungstechnischen Gründen nichts sagen.«

Die Darstellerin verzog kurz die Lippen. »Soll ich ihn holen?«, fragte sie dann.

Lukas stieß beinahe sein Glas um. »Ihn holen?«

»Er schläft noch«, behauptete Marina.

»Ich fürchte, da irren Sie sich.« Maike beobachtete, wie sich die drei Schauspieler verwirrte Blicke zuwarfen. »Wir gehen derzeit davon aus, dass Jonas Sperling gestern Abend nicht mit Ihnen zurückgekommen ist.«

Kai Bilinsky nickte. »Ist im Fitnessstudio geblieben. Wollte noch trainieren.«

»Mitten in der Nacht?«

Kai zuckte mit den Schultern. »Musste sich wohl ein bisschen abreagieren.«

»Gab es einen Streit?«, fragte sie unschuldig.

Kai schnaubte. »Den gibt es doch dauernd.«

»Kai«, mahnte Marina.

Maike ließ nicht locker. »Mit wem streitet Herr Sperling denn so häufig?«

»Mit Giovanna«, kam die prompte Antwort. »Seiner Lebensgefährtin.«

»Und die ist hier?«, wollte Maike wissen. »Ist sie auch Schauspielerin?«

Kai grinste. »Schauspielerin? Ja klar. Wenn Sie so wollen.«

»Können wir mit ihr sprechen?«

Marina Rosenstiel löste sich von ihrem Platz. »Ich hole sie«, bot sie an. »Ich muss den Kleinen ohnehin hinlegen.«

Während Maike und Lukas auf Jonas Sperlings Lebensgefährtin warteten, erfuhren sie von Kai Bilinsky und Svenja Ehrenwirth, dass die beiden ebenso wie der Rest der Crew nach Abschluss der Dreharbeiten am gestrigen Abend gemeinsam zum Bauernhof zurückgefahren waren. Sperling war allein zurückgeblieben und hatte sich nach dem Training ein Taxi nehmen wollen.

Marina Rosenstiel kam zurück und teilte ihnen mit, sie habe Giovanna nicht in ihrem Zimmer angetroffen und daraufhin von einer anderen Darstellerin erfahren, dass sie gerade eine Runde joggen sei.

»Ich hab sie allerdings auf dem Handy erwischt. Sie ist bereits auf dem Rückweg«, versicherte sie.

Maike und Lukas überbrückten die Zeit nun doch mit einer Tasse Kaffee und befragten die restlichen Crewmitglieder nach ihrem Verhältnis zu Jonas Sperling. Jedes Gespräch bestätigte Maikes Vorahnung, welche Art von Film hier gedreht wurde. Zum einen sahen die jungen Männer und Frauen allesamt überdurchschnittlich attraktiv aus. Zum anderen verhielten sie sich reichlich merkwürdig. Ein Typ, den Maike als noch jünger als Lukas schätzte, kam nur mit Flipflops und einer tiefsitzenden Sporthose bekleidet in die Küche. Sein halber Oberkörper war mit Tribal-Tätowierungen geschmückt, die sich wie Schatten von seiner dunkelbraunen Haut abhoben. In seiner Rechten hielt er eine gläserne Obstschüssel, die zur Hälfte mit einer Art durchsichtigem Schleim gefüllt war. Während des Gespräches schüttete der junge Kerl ganz beiläufig

Puderzucker darüber und verrührte alles seelenruhig mit einer Kuchengabel zu einer glibberigen Masse. Maike hätte ihn gern gefragt, was er da denn eigentlich tat. Sie beschränkte sich jedoch auf Fragen über Jonas Sperling.

»Zu dem kann ich ihnen eigentlich gar nichts sagen«, antwortete der junge Mann. »Den hab ich erst vor ein paar Tagen kennengelernt.«

Den Vogel schoss Kameramann Andreas Bergmeister ab. Er war die erste Person, die Lukas und sie auf dem Bauernhof trafen, der nicht wie aus dem Ei gepellt aussah. Bergmeister war bereits Ende 50, besaß schütteres graues Haar und einen ausgeprägten Vollbart.

Er setzte sich Maike direkt gegenüber, lehnte sich im Stuhl zurück und musterte sie eingehend. »Hat Ihnen eigentlich schon mal jemand gesagt, dass Sie aussehen wie diese Komikerin aus dem Fernsehen?«, eröffnete er das Gespräch.

»Nein, eigentlich nicht«, antwortete Maike kühl.

»Doch«, beharrte Bergmeister begeistert und legte die Stirn in Falten. »Wie heißt sie doch gleich? Marina ... Maria ... Moira ... irgendwas mit M!«

»Wie auch immer.« Maike versuchte, das Gespräch an sich zu ziehen. »Herr Bergmeister, wie –«

In diesem Augenblick wurde die Tür geöffnet und eine hübsche Frau mit braunroten Haaren betrat die Küche. Sie trug eine aufwendige Flechtfrisur und das freizügigste Dirndl, das Maike je gesehen hatte. Ihre Brüste hüpften beinahe aus dem Ausschnitt, statt der üblichen Länge endete der Rocksaum ein ganzes Stück über den Knien. In der Hand hielt sie eine riesige Kuhglocke, die dröhnend klingelte, wenn sie sich bewegte.

»Sorry, wenn ich störe«, flötete sie. Dann runzelte sie die Stirn. »Castest du jetzt noch Polizisten? Wie passen die denn noch in den Film?«

Der Kameramann deutete begeistert auf Maike.

Die war allerdings schneller: »Es tut mir sehr leid, Sie enttäuschen zu müssen, aber ich *bin* Polizistin. Und ich bin definitiv nicht zum Spaß da.«

Schlagartig wurden die beiden ernst.

»Sorry«, wiederholte die Rothaarige, konzentrierte sich dann jedoch ganz auf den Kameramann. »Es ist nur, Andreas, du weißt doch: Heute ist mein letzter Tag und heute Abend muss ich zurück in Berlin sein. Wenn wir jetzt nicht bald mit den Aufnahmen beginnen ...«

»Dauert nicht mehr lang«, versprach er ihr, obwohl er doch gar nicht wissen konnte, wie lang ihn Maike und Lukas befragen wollten.

Vanessa lächelte erleichtert. »Ich will gar nicht drängeln«, entschuldigte sie sich ein weiteres Mal, diesmal bei Lukas. »Es ist nur: Tyron hat das künstliche Sperma bereits angerührt, und wenn wir noch länger warten, verklumpt –«

»Was um Himmels Willen drehen Sie hier eigentlich?«, entschlüpfte es Lukas.

Andreas Bergmeister und Dirndl-Vanessa blickten sie überrascht an.

»Na, *Bumsfidel 3*.«

Kapitel 7

»Es gibt künstliches Sperma?«, murmelte Lukas ungläubig, nachdem Andreas Bergmeister mit der Rothaarigen verschwunden war. Er wollte einen der Darsteller bitten, für ihn als Kameramann einzuspringen, und gleich wiederkommen. »*Künstliches.* Hast du das gewusst?«

Maike drehte ihr Wasserglas hin und her. »Sagen wir mal, darüber habe ich mir noch nie Gedanken gemacht.«

»Die drehen hier tatsächlich einen Porno, Maike«, flüsterte Lukas.

Sie grinste ihn an. »Du wirst ja rot.«

»Wir haben Pornodarstellerinnen befragt!«

»Und Darsteller.«

In ihrer Zeit in Berlin hatte Maike schon in einigen ungewöhnlichen Milieus ermittelt. Die Pornobranche war allerdings auch für sie Neuland. Das erklärte wohl auch die Spuren, die die Spusi auf dem Handtuch im *Fit with Fun* entdeckt hatte. Falls es sich dabei nicht ebenfalls um *künstliches* Sperma handelte. Sie war gespannt auf Pöllers Anruf.

»Das Pornos überhaupt noch gedreht werden«, wunderte sie sich. »Ich dachte, das läuft alles nur noch über Webcams und Internetportale.«

Lukas' Gesicht glühte.

Maike konnte nicht widerstehen. »Diese Svenja fand dich süß. Die hätte gern mit dir gedreht.«

»Maike!«, empörte sich Lukas.

Die Tür öffnete sich und Andreas Bergmeister kam zurück, eine extrem attraktive Frau im Schlepptau, mit pechschwarzen Haaren, eisblauen Augen und einer beeindruckenden Oberweite. Sie stellte sich als Giovanna Ricci vor, Jonas Sperlings Lebensgefährtin.

»Sie wollen mich wegen Jonas sprechen?«, fragte Giovanna, nachdem sie sich gesetzt hatte. »Wo steckt der Mistkerl denn?«

Maike zögerte. »Frau Ricci«, begann sie vorsichtig, doch die Frau unterbrach sie.

»Er war bei dieser Schlampe, stimmt's? *Trainieren,* ha!«

»Giovanna.« Andreas Bergmeister legte seine Hand auf die der jungen Frau und drückte sie sanft.

Giovanna zog ihre ruckartig weg. »Ist doch wahr. Ist er deshalb nicht nach Hause gekommen? Er war bei ihr, stimmt's?«

»Von wem sprechen Sie?«, wollte Maike wissen.

Giovanna ließ sich jedoch nicht beruhigen. »Von dieser Tussi aus dem Fitnessstudio! Die mit der miesen Blondierung. Arbeitet dort. Keine Ahnung, was er an ihr findet. Die ist doch bestimmt schon 40. Aber er hat sie nicht aus den Augen lassen können.«

Maike zuckte innerlich zusammen. 40. Bis zu ihrem eigenen 40. Geburtstag war es nicht mehr lange hin. Lukas drückte unterdessen auf die Kugelschreibermine. Maike warf einen Blick auf seinen Notizblock. *Fitnessstudio,* notierte er. *Blondine.*

»Wissen Sie, wie die Dame heißt?«, fragte er.

Giovanna Ricci achtete nicht auf ihn. »Sie ist verheiratet, hab ich recht?«, wetterte sie einfach weiter. »Ich hab den Ring an ihrem Finger gesehen. Aber das hat Jonas ja noch nie gestört. Was ist passiert? Ist ihr Alter nach Hause gekommen und hat die beiden in flagranti erwischt? Hat Jonas wieder den Macker raushängen lassen und sich geprügelt? Und jetzt braucht er jemanden, der ihn aus der Zelle abholt, was? Oh Mann, ich hab es so satt.«

»Frau Ricci«, versuchte es Maike noch mal. »Ich fürchte, ich habe eine traurige Mitteilung für Sie.«

Das brachte die Frau endlich zum Verstummen. Mit angespannten Schultern starrte sie Maike an.

»Es tut mir leid. Ich bedaure es sehr, aber ich muss Ihnen mitteilen, dass Jonas Sperling in der Nacht von gestern auf heute verstorben ist.«

Maike liebte die Polizeiarbeit, doch diesen Teil ihres Jobs hasste sie. Sie sah, wie sich Giovanna Ricci und Andreas Bergmeister versteiften. Das Blut wich aus ihren Gesichtern, die Augen weiteten sich und ein Wechselbad aus Unglauben und Entsetzen zog über ihre Mienen.

»Oh nein«, murmelte Bergmeister. Dann brach es aus ihm heraus: »Oh nein!«

Giovanna Ricci hingegen blieb stumm. Sie starrte Maike einfach nur an, so lange, bis diese selbst am liebsten den Blick abgewandt hätte.

»Nein«, sagte sie schließlich und schüttelte den Kopf, als wolle sie widersprechen.

Maike atmete tief durch die Nase ein. »Frau Ricci ...«

Da kehrte das Leben zurück in Giovannas Körper. Sie begann zu zittern, erst sanft, dann unkontrollierter.

»Nein!«, brüllte sie und schnellte so heftig vom Stuhl hoch, dass dieser mit einem Klappern umfiel. »Nein! Nein! Nein! Nein!«

Auch Maike und Lukas standen auf, doch der Kameramann war schneller. Er zog Giovanna fest in seine Arme, drückte sie an sich und flüsterte ihr beruhigende Worte ins Ohr.

Maike und Lukas blickten sich betreten an.

»Es tut mir sehr leid«, sagte Maike nach einer ganzen Weile. »Ich muss Ihnen leider noch einige Fragen stellen.«

Wenn Giovanna Ricci etwas wusste, wollte sie entweder nicht darüber sprechen oder war schlicht nicht in der Verfassung dafür. Tränen liefen ihr über die Wangen, und sie hielt sich während der Befragung nur aufrecht, weil der Kameramann sie stützte. Wie die Frau aus dem Fitnessstudio hieß, konnte sie ihnen nicht sagen, nur, dass es sich dabei offenbar um eine Angestellte handelte. Maike und Lukas gaben schließlich auf und beschlossen, Giovanna zunächst ihrer Trauer zu überlassen. Andreas Bergmeister bot an, die beiden zum Zimmer von Jonas Sperling zu bringen, damit sie sich dort kurz umschauen konnten.

»Passen Sie besser auf«, warnte er, während sie hintereinander ein Zimmer im ersten Stock durchquerten. »Es ist –«

Da zog es Maike bereits den Boden unter den Füßen weg.

»Scheiße!«

Mit einem gewaltigen Krachen landete sie mit ihrer ganzen Körperlänge auf dem glitschigen Laminatfußboden. Die Luft entwich ihr mit einem gepressten Ächzen.

»... rutschig«, beendete der Kameramann seinen Satz.

Maike stöhnte. »Hab ich gemerkt.«

Lukas beugte sich besorgt über sie und half ihr hoch. »Alles in Ordnung?«

»Haben Sie sich weh getan?«, fragte Bergmeister.

»Geht schon.« Sie rieb sich die Hüfte. »Was war das denn?«

Bergmeister hob verlegen die Schultern. »Gleitgel. Auf Silikonbasis. Wir haben hier gestern gedreht.«

Sofort versteifte sich Lukas und blickte unangenehm berührt auf eine rustikale Couchgarnitur. Auch Maike musterte ihre Umgebung mit neuem Blick; und die Stellen ihrer Kleidung, die mit dem Boden in Berührung gekommen waren. Die nächsten Schritte ging sie sehr vorsichtig. Sie wagte nicht, sich vorzustellen, wie es aussah, wenn Pöller hier mit Schwarzlicht drüber ging.

Beaufsichtigt von Andreas Bergmeister schauten sie sich in dem Zimmer um, das sich Jonas Sperling und Giovanna Ricci geteilt hatten. Ein Bauernbett mit klassisch rot-weiß-karierten Bezügen dominierte den Raum. Sonderlich groß war es nicht. Hinter der Tür zwängte sich ein hellgelber Sessel neben einen IKEA-Kleiderschrank, der optisch nicht so recht zur restlichen Einrichtung passen wollte. Auf dem Nachtschränkchen standen ein Sektglas und eine leere Flasche Wein, über den Boden verteilten sich zerknitterte Schokoladen- und Bonbon-Papiere. Auf dem Bett selbst lag ein Laptop, daneben ein aufgeklappter Rollkoffer mit zerwühlten Kleidern. Da Maike diverse Dessous in unterschiedlichen Farben erspähte, ging sie davon aus, dass es sich dabei um Giovannas Gepäck handelte. Auf dem Sessel lagen ein T-Shirt, getragene Tennissocken – und ein feuerroter Tanga. Sofort schwebte das Bild von Jonas' totem Körper vor Maikes innerem Auge.

Sie ging in die Hocke, um einen Blick unter das Bett zu werfen. Lukas und sie hatten Gummihandschuhe angezogen, bisher aber noch nichts entdeckt, von dem sie glaubten, dass es ihnen weiterhelfen konnte.

»Früher war ich selbst Darsteller«, verriet Bergmeister. »Ich weiß, sieht man mir heute nicht mehr an. Eins kann ich ihnen sagen, das ist anstrengender, als man gemeinhin annimmt.«

»Kann ich mir vorstellen«, erwiderte Maike abwesend. Unter dem Bett lag nichts.

»Also, wenn Sie unter Umständen Interesse hätten, auch mal ...?«

Maike richtete sich kerzengerade auf. »Bitte?!«

»Ich meine nur ...«, sagte der Kameramann, als sie sich zu ihm umdrehe. »Sie sehen spitze aus. Und Frauen in Ihrem Alter sind momentan sehr gefragt, wissen Sie. Erst letzte Woche haben wir händeringend –«

»Danke!«, unterbrach ihn Maike schnell und unerbittlich. »Das wird sich bei mir leider nicht einrichten lassen.«

Bergmeister hob bedauernd beide Arme. »Einen Versuch war es wert. Kann ich sonst noch etwas für Sie tun?«

Sie trat neben ihn in den Flur und zog die Gummihandschuhe aus. »Können Sie mir sagen, ob Jonas Sperling ... Feinde hatte?«

Lukas stellte sich neben sie und zückte seinen Notizblock.

Bergmeister indessen blickte sie an, als traue er seinen Ohren nicht. »Feinde?! Sie glauben doch nicht etwa ... Ich meine, glauben Sie ...« Er griff mit der Rechten nach dem Türrahmen, um sich abzustützen.

»Wir bei der Kriminalpolizei *glauben* nicht, Herr Bergmeister, wir *ermitteln*«, erklärte Maike ruhig und freundlich. »Alles, was Ihnen einfällt, könnte wichtig sein, um herauszufinden, was Herrn Sperling widerfahren ist.«

Doch dem Kameramann fiel nicht viel ein. Auch er wusste nicht, wie die Frau aus dem Fitnessstudio hieß, für die sich Jonas Sperling laut Giovanna Ricci so sehr interessiert hatte. Alles, was er ihnen sagen konnte, war, dass Jonas erst vor zwei Jahren mit dem Drehen von Pornofilmen begonnen, sich aber äußerst schnell einen Namen gemacht hatte.

»Er war ziemlich gut, wenn Sie wissen, was ich meine.«

Maike und Lukas nickten und fragten lieber nicht allzu genau nach. Als sie in ihrem Parka nach einer ihrer Visitenkarten suchte, fielen ihr die Karten der Bürgermeisterin und von Ingo Brandt ein und sie fischte sie aus ihrer Parkatasche. Lukas bekam große Augen.

»Geben Sie die bitte dem Regisseur, sobald er zurück ist«, bat Maike. »Er soll sich bei mir melden. Ich würde gern mit ihm sprechen.«

»Und die beiden anderen Karten?«, fragte Bergmeister.

Maike lächelte freundlich. »Die sind von der Bürgermeisterin von Niederteerbach und von unserem lokalen Journalisten. Beide haben mir versichert, sie würden sich ebenfalls über einen Anruf Ihrer Filmcrew freuen. Zwecks möglicher Kooperationen.«

»Kooperationen?« Bergmeister klang so verwirrt, wie Lukas aussah.

»Genau«, bestätigte Maike.

»Na gut.« Der Kameramann steckte die Karten ein und bat Lukas um Kugelschreiber und Notizblock. Über die halbe Seite hinweg schrieb er eine Telefonnummer.

»Ihre?«, mutmaßte Maike.

Bergmeister nickte zufrieden. »Falls Sie es sich anders überlegen. Mit dem Filmen, meine ich. Rufen Sie mich gern jederzeit an.« Er wandte sich an Lukas. »Das gilt natürlich auch für Sie. Wir freuen uns immer über frisches Blut.«

Sie verabschiedeten sich und verließen den Bauernhof, um zurück nach Niederteerbach zu fahren.

»Und, wirst du ihn anrufen?«, neckte Maike Lukas, als sie ins Auto einstiegen.

Lukas schnalzte mit der Zunge. »Sicher nicht.«

»Warum nicht? Da verdient man sicher gutes Geld.« Sie lehnte sich im Beifahrersitz zurück, während Lukas das Auto startete und auf die Landstraße steuerte.

»Und die Karriere ist im Eimer«, erklärte er.

Maike lachte. »Karriere? In Niederteerbach?«

»Ruf *du* ihn doch an.«

»Geht nicht. Ich bin viel zu alt.«

»Das sieht dieser Bergmeister aber ganz anders.«

Maike ließ das Thema fallen und blätterte in Lukas' Mitschrift. An den Notizen zur Befragung von Giovanna Ricci blieb sie hängen. »Was hältst du von Sperlings Lebensgefährtin?«

»Ihre Reaktion auf seinen Tod hat auf mich ziemlich echt gewirkt.«

Maike nickte. »Auf mich auch. Entweder hat sie null damit gerechnet oder sie ist eine sehr gute Schauspielerin.«

»Sie scheint generell ein recht emotionaler Typ zu sein. Nicht nur wegen des Zusammenbruchs. Das ist ja verständlich. Auch schon vorher, als sie über diese andere Frau gesprochen hat.«

»Hast du eine Ahnung, wen er gemeint haben könnte?«

Lukas schüttelte den Kopf. »Ich trainiere nicht im *Fit with Fun*.«

Maike seufzte. »Wäre ja zu praktisch gewesen. Na gut, dann fahren wir jetzt als Nächstes wieder ins Fitnessstudio.«

An der Baustellenampel auf der Zufahrtsstraße musste Lukas halten. Nach einer Weile schaltete er den Motor ab. »Nicht schon wieder.«

Die Rotphase zog sich. Während sie warteten, kam Maike eine Idee. Sie griff nach ihrem Smartphone. Es klingelte ein halbes Dutzend Mal, bis Martin abnahm.

»Hey, guten Morgen.«

Sein erfreuter Ton brachte sie zum Lächeln. »Guten Morgen.«

»Du bist aber früh aus dem Bett gefallen. Oder warst du noch gar nicht drin?«

Maike grinste schief. »Jedenfalls fühl ich mich so, als ob.«

»Zu viel gefeiert gestern?«, fragte Martin. »Bei euch ist gerade Karnevals-Hochsaison, oder?«

»Ich hasse Karneval.«

»Dann hättest du vielleicht in Berlin bleiben sollen.«

Maike warf einen Blick hinüber zu Lukas, der sich auffällig angestrengt auf die Baustellenampel konzentrierte. Nach einer kurzen Pause gestand sie Martin, weshalb sie so früh unterwegs war.

»Hauptkommissarin Pech, immer im Einsatz.« Seine Stimme wurde schlagartig ernst. »Oder geht es um Billie?«

»Nein. Stell dir vor: Bei uns ist eine Leiche aufgetaucht. Oder eher abgetaucht. Im Fitnessstudio.«

»Niederteerbach hat ein Fitnessstudio?«

»Das waren eigentlich nicht die News. Aber ja, seit Neuestem.«

Die Ampel schaltete endlich auf Grün und Lukas fuhr an.

»Und jetzt brauchst du einen Rat?«, fragte Martin.

»Eher einen Gefallen«, erwiderte sie.

»Ich höre.«

»Meine Leiche stammt nicht von hier. Sondern mal wieder aus Berlin. Ich komm hier nicht weiter, und da hab ich mich gefragt ...«

»Ja?«

»Ob du dich in seiner Wohnung mal umschauen könntest.«

»Puh!« Martin stieß die Luft aus. »Das wird nicht leicht, ohne Durchsuchungsbeschluss.«

Vor Schreck fiel Maike beinahe das Smartphone aus der Hand. »Du sollst doch nicht ohne Durchsuchungsbeschluss in seine Wohnung einbrechen!«

Lukas trat so kräftig auf die Bremse, dass Maike in den Gurt gepresst wurde.

Am anderen Ende des Smartphones lachte Martin. »Das war ein Witz.«

»Haha. Sehr komisch.«

»Nicht gut? Wie wäre es damit: Du rufst deinen Chef an, damit der meinen anruft. Die können das mit dem Durchsuchungsbeschluss regeln. Und dann schauen wir weiter.«

Das Lächeln kehrte zurück auf Maikes Gesicht. »Danke, Martin. Du bist ein Schatz.«

Die Worte waren heraus, ehe sie sich auf die Zunge beißen konnte.

Martin lachte nur. »Ich weiß«, scherzte er und wünschte ihr einen schönen Tag. »Du kannst mich übrigens auch anrufen, wenn du *nicht* dienstlich sprechen willst«, fügte er hinzu.

Nachdem sie aufgelegt hatten, starrte Maike einen langen Moment ihr Smartphone an. »Sag nichts«, warnte sie Lukas, als dieser sich räusperte und zum Sprechen ansetzte.

Als sie am Ortsschild von Niederteerbach vorbeifuhren, rief Maike im Kölner Morddezernat an, um Jens zu bitten, sich um den Durchsuchungsbeschluss für die Wohnung von Jonas Sperling zu kümmern.

Kapitel 8

Die Spurensicherung war bereits aus dem *Fit with Fun* abgezogen, als Maike und Lukas dort ankamen. Konstantin Odenthal war jedoch noch da und ließ sie auf ihr Klingeln ins Spa-Center hinein.

»So hatte ich mir Karneval nicht vorgestellt«, gestand er ihnen.

»Ich mir auch nicht«, versicherte ihm Lukas, und unwillkürlich fragte sich Maike, was er eigentlich an diesem Wochenende vorgehabt hatte. Sie wusste, dass er nicht so ein Karnevalsjeck war wie Gabi. Zumindest konnte er mit den schrägen Schlagern, die seit Anfang der Woche in Dauerschleife auf der Wache liefen, ebenso wenig anfangen wie sie selbst. Und soweit sie wusste, hatte Lukas auch keine Karten für irgendwelche Karnevalssitzungen. Aber hieß das, er blieb am Karnevalswochenende lieber allein?

Maike nahm sich vor, ihn zu fragen – allerdings nicht vor einem Mann, in dessen neu eröffnetem Fitnessstudio erst vor wenigen Stunden ein Toter im Pool getrieben hatte.

»Schön, dass wir Sie hier noch erwischen«, sagte sie.

Odenthal zuckte mit den Schultern. »Einer muss ja für Ordnung sorgen.« Er deutete auf das Sammelsurium an Flaschen, das er in der Nähe der Eingangstür zusammengetragen hatte.

»Hat die Spurensicherung denn gesagt, das ist okay?«

»Ja, hat sie. Aber *jetzt* sind Frau Kreutzer und ihre Kollegin Samira Gamal Zuhause.« Er griff nach einer Flasche Kölsch und genehmigte sich einen großen Schluck. »Wollen Sie auch eins?«

Maike und Lukas schüttelten gleichzeitig den Kopf.

»Wir sind im Dienst«, betonte Letzterer gewichtig.

»Ach so, ja.« Falls es Odenthal peinlich war, dass er selbst vor ihnen trank, zeigte er es nicht. »Was wollen Sie eigentlich noch hier? Der Herr von der Spurensicherung meinte, ihr habt jetzt alles, was ihr braucht.«

»Wir haben eine Frage zu einer Ihrer Mitarbeiterinnen«, antwortete Maike.

Das ließ Odenthal aufhorchen. »Wen meinen Sie?«

»Das würden wir gern von Ihnen wissen. Eine Frau ...«, sie zögerte, »... ungefähr in meinem Alter.«

»Sie ist blond«, ergänzte Lukas, nachdem er einen Blick auf seine Notizen geworfen hat. »Vielleicht auch blondiert?«

Odenthal legte die Stirn in Falten. »Das kann eigentlich nur die Katrin sein. Was wollt Ihr denn von ihr?«

»Nur ein paar Antworten«, versicherte Maike ihm. »Ein Zeuge hat uns erzählt, dass sie sich mit Jonas Sperling unterhalten hat ...?«

»Mit dem Toten? Klar hat sie sich mit dem unterhalten, sie arbeitet ja hier am Empfang.« Er stellte die Bierflasche auf den Tresen. »Hören Sie mal, Sie verdächtigen doch nicht etwa die Katrin?«

Maike zwang sich zu lächeln. »Wie gesagt, wir wollen ihr nur ein paar Fragen stellen.«

Doch Odenthal ließ nicht locker. »Die Katrin ist eine ganz patente Frau. Die kann's auch gar nicht gewesen sein. Die hat gestern gar nicht hier gearbeitet.«

»Wie heißt Katrin denn mit Nachnamen?«, fragte Lukas, den Kugelschreiber gezückt.

»Körner«, informierte sie Odenthal sichtlich widerwillig.

»Ach«, entfuhr es Lukas. Er hatte sich aber sofort wieder im Griff und schrieb vorschriftsgemäß auch den Nachnamen in seine Notizen.

Maike konzentrierte sich weiter auf den Fitnessstudiobesitzer. »Danke. Können Sie mir sagen, wo Frau Körner wohnt?«

Odenthal ging um den Tresen herum, um den Laptop dahinter hochzufahren. Maike und Lukas warteten geduldig, während er darauf herumtippte und ihnen schließlich die Adresse seiner Mitarbeiterin nannte.

»Das war es auch schon«, sagte Maike. »Wie ich schon sagte: Wenn Ihnen noch irgendwas einfällt oder sich jemand bei Ihnen meldet, der irgendwas weiß, rufen Sie uns an, ja?«

Sie wandten sich ab, um zum Auto zurückzulaufen. An der Tür hielt Odenthal sie noch mal auf. »Hören Sie, Frau Pech, Herr Yilmaz. Nehmen Sie die Katrin nicht zu sehr in die Mangel, wenn's geht, ja? Die hat es gerade nicht leicht.«

»Ach?« Maike faltete die Hände zusammen und wartete ab, ob Odenthal noch etwas erzählen würde, aber den Gefallen tat er ihr nicht. »Na kommen Sie schon«, bohrte sie nach. »Wenn Sie möchten, dass wir Frau Körner schonen, müssen Sie mir schon sagen, womit ich ihr auf die Füße treten könnte.«

»Eigentlich ist es nichts. Gibt in letzter Zeit ein bisschen Knatsch mit ihrem Mann. Nichts Ernstes.« Er zögerte. »Er ist halt viel auf Geschäftsreise und die Katrin muss sich allein um das Haus und das Kind kümmern. Sie wissen ja, wie das ist.«

Das wusste Maike nicht, aber sie sparte sich einen Kommentar.

»Fahren wir jetzt zu den Körners?«, fragte Lukas, als sie das *Fit with Fun* verließen.

Maike schüttelte den Kopf. »Erst mal brauch ich was zu Essen.«

An Harrys Fressoase holten sie drei Portionen Currywurst mit Pommes sowie drei kleine Salate und machten Mittagspause in der Wache. Zu dritt drängten sie sich um Gabis Schreibtisch. Das Radio hatte sie dankenswerterweise ausgestellt.

»Die Körner?«, fragte Gabi überrascht, nachdem Maike und Lukas ihr mitgeteilt hatten, wohin sie sich nach dem Essen auf den Weg machen wollten.

»Kennst du die Dame?«

Gabi spießte eine Pommes mit der Gabel auf und steckte sie in den Mund. »Kennen wäre zu viel«, sagte sie, nachdem sie geschluckt hatte. »Ich weiß, wer sie ist. Die kennt jeder in Niederteerbach.«

Maike trank einen Schluck Cola ohne Zucker und ließ Gabi weitersprechen.

»Sie ist die Schwiegertochter vom Hut-Körner, der im letzten Frühjahr gestorben ist.«

»Dem Geschäft in der Hauptstraße?«

Gabi nickte. »Der junge Körner, der Mann von der Katrin, hat es nach dem Tod seines Vaters verkauft. War nie scharf auf den Laden, das war kein Geheimnis.

Ist aber gut, dass er gewartet hat, bis der Otmar unter der Erde war. Hüte-Körner war drei Generationen in Familienbesitz.«

Maike stocherte in den Salatblättern herum, die Harry in Joghurtdressing ertränkt hatte. »Heißt das Geschäft nicht immer noch so?«

Gabi nickte. »Tut es. Die neuen Besitzer kommen irgendwo aus Würzburg. Haben den Namen beibehalten, aus Traditionsgründen und so. Hat sich der Körner auch teuer bezahlen lassen. Also der Körner junior, der Mann von der Katrin. Aber der war ja schon immer gut in Geschäftlichem, arbeitet als Unternehmensberater und fliegt dafür um die halbe Welt. Scheffelt ordentlich Kohle.«

»Und warum arbeitet seine Frau in einem Fitnessstudio?«, fragte Lukas.

Gabi zuckte mit den Achseln. »Vielleicht gefällt es ihr einfach.« Sie blickte auf Maikes Salat. »Willst du den nicht?«

Maike griff nach der kleinen Pappschale und reichte sie am Bildschirm vorbei an ihre Kollegin weiter.

»Danke!« Begeistert stürzte sich Gabi auf das Eisberg-Tomaten-Joghurt-Gemisch. »Wenn ich was getrunken hab, bekomm ich am nächsten Tag immer einen saumäßigen Hunger!«

Maike nickte verständnisvoll. »Der Odenthal vom Fitnesscenter hat angedeutet, die Körner und ihr Mann verstehen sich zurzeit nicht so gut …?«

Gabi schnaubte. »Hab ich auch gehört.«

»Op die Liebe, op et Lävve …«, schallte es ihnen vom Flur her da entgegen. *»Op die Freiheit und d'r Dud …«*

Die Tür zur Wache flog krachend auf und Horst stolperte herein. Er hielt eine Sektflasche in beiden Händen, die er begeistert hin und her schwenkte wie eine Trophäe.

»Kumm mer drinke uch met denne die im Himmel sin, Alle Jläser huh!«

»Horst, was machst du denn hier?« Gabi stand auf und lief ihm entgegen.

»Alle Jläser huh, woho …«, krakeelte der so schief, dass sich in Maike alles zusammenzog und sie sich Gabis Radiobeschallung zurückwünschte.

»Horst!«, mahnte Gabi streng.

»Disch besuchän«, antwortete er mit einem glücklichen Lächeln auf dem Gesicht. Er lehnte sich gegen das Sideboard und stieß an eine Akte, die mit einem lauten Rumms zu Boden fiel. Lukas sprang vom Stuhl auf, um sich darum zu kümmern. Horst bemerkte davon gar nichts. »Gabilein, komm, sing mit: *Alle Jläser …*«

»Horst!«, würgte ihn Maike unerbittlich ab, während Gabi ihm die Sektflasche abnahm.

»Ach, komm schon, holde Maike«, schmeichelte Horst. »Es ist Karneval! Da feiert man doch ein bisschen. Ich hab mir gedacht, ich komm bei euch vorbei, wir trinken ein Sektchen oder zwei und singen die Karnevalslieder im Radio mit. Was sagt ihr?« Er strahlte sie an.

»Wir sagen danke, aber *Nein, danke*«, antwortete Maike prompt.

Betroffen blickte er sie an.

»Na komm schon, Horst«, versuchte es Gabi versöhnlicher. »Es ist gerade mal Mittag. Wir müssen noch arbeiten. Ist doch ein bisschen früh für Sekt, findest du nicht?«

Horst schüttelte den Kopf. »Nö.«

Gabi setzte an, etwas zu sagen, aber Horst war noch nicht fertig. »Nicht am Karnevalssamstag.«

»Es ist Karnevalsfreitag«, korrigierte Lukas ihn.

Maike stand vom Stuhl auf und ging auf Gabi und Horst zu. Obwohl sie zwei Armlängen von ihm entfernt stand, konnte sie seine Fahne riechen. »Was hältst du davon, wenn du die Sektflasche bei dir in den Kühlschrank packst und dich noch ein Stündchen oder zwei aufs Ohr legst?«

Horst legte den Kopf schief und überlegte. »Na gut«, sagte er und Maike atmete erleichtert auf. »Aber nicht Zuhause. Hier!«

»Hier?«, wiederholte Gabi unsicher.

»In meinem Zimmer«, erklärte Horst und deutete in Richtung Arrestzelle.

»Ich dachte, an Karneval ist die geschlossen«, flüsterte Maike Lukas zu, die hitzige Diskussion um das Thema noch lebhaft im Ohr.

Lukas zuckte hilflos mit den Schultern.

Gabi warf Maike einen unschlüssigen Blick zu. Die schnappte sich ihre Imbissschale, steckte sich das letzte Stück Currywurst in den Mund und nickte ergeben.

Gabi lächelte sie dankbar an. »Na gut.« Sie führte Horst aus dem Raum. »Aber nur für ein, zwei Stündchen.«

»Gabilein!«, schwärmte Horst glücklich vom Flur auf. »Du bist die Beste!«

Maike und Lukas hörten, wie die Zelle aufgeschlossen wurde.

»In deinem Hafen …«, legte Horst aus voller Kehle los. »Komm, Gabi, sing mit!«

Gabis Widerspruch ging in seinem Gesang unter.

Maike schlug Lukas auffordernd auf die Schulter. »Na komm. Lass uns zur Körner fahren, ehe Gabi noch Helene Fischer auflegt.«

Sie warfen die leeren Pappschalen in den Mülleimer, schnappten sich ihre Jacken und stiefelten zum Auto.

»Nicht mehr lang, dann können wir den Twizy aus seinem Winterschlaf wecken«, sagte Lukas, nachdem sie losgefahren waren. »Dann sind wir wieder flexibler.«

Maike blickte ihn ungläubig an. An die hässlich braune Farbe ihres Dienstfahrzeugs hatte sie sich zwar noch immer nicht gewöhnt, doch immerhin war der Nissan Cube deutlich bequemer als der winzige Renault Twizy.

»In der Pillendose kannst du dann allein fahren«, teilte sie ihm mit und schaltete das Radio ein.

Die Körners lebten im Niederteerbacher Neubaugebiet, einer Gegend mit von Buchsbaumhecken eingerahmten Vorgärten und protzigen Häusern.

»Das ist ja fast schon eine Villa«, kommentierte Lukas, als er vor der Tulpenstraße Nummer 18 aus dem Auto stieg.

Maike musterte den zweistöckigen Bungalow mit Dachterrasse und Glasfassade auf dem großen Grundstück und musste ihm recht geben. Durch den Vorgarten zogen sich Wege aus weißem und rotbraunem Kies, und die immergrünen Sträucher waren so akkurat in Form gebracht, dass es den Eindruck erweckte, man könne sich an ihren Kanten schneiden. Um auf das

Grundstück selbst zu kommen, musste man durch ein schmiedeeisernes Tor, das höher als Maike war.

Sie klingelten.

Nichts geschah. Das Haus lag still vor ihnen. Hinter den Glasscheiben regte sich niemand.

Lukas klingelte noch einmal.

»Scheint keiner da zu sein«, sagte er schließlich.

Maike warf einen Blick auf ihr Smartphone. »Halb zwei.«

»Herr Odenthal hat doch gesagt, Frau Körner hat gestern gar nicht gearbeitet. Vielleicht sind die im Urlaub.«

Sie wollten gerade umkehren, als Motorgeräusche erklangen und das Eisentor zur Seite rollte.

Maike und Lukas drehten sich um. Ein dunkelblauer ausladender Kombi mit getönten Scheiben kam die Straße entlang auf sie zu. Vor der Einfahrt blieb er stehen, das Beifahrerfenster senkte sich.

»Kann ich helfen?« Eine hübsche Frau saß am Steuer. Sie trug einen blassrosafarbenen Anorak.

Maike ging einen Schritt auf den Wagen zu. »Frau Körner?«

»Ja?«

»Dürfen wir Sie einen Moment sprechen?«

Sie runzelte die Stirn, dann nickte sie. »Einen Moment. Ich stelle nur kurz das Auto ab.«

Sie fuhr den Kombi in die Einfahrt, stieg aus und winkte die beiden zu sich. Sie wirkte frisch und gepflegt.

»Die sieht doch spitze aus«, flüsterte Maike Lukas zu.

Der warf ihr einen verwirrten Blick zu.

»Die Körner«, erklärte sie. »Weil Giovanna Ricci doch meinte, die sähe total alt aus und so. So ein Quatsch. Man, also frau kann mit vierzig noch super aussehen.«

Lukas Miene hellte sich auf. »Aaahhh...«

»Was ›Aaahh‹?«, schnappte Maike.

»Nichts«, antwortete Lukas, aber sie konnte genau sehen, dass seine Mundwinkel verräterisch zuckten.

Ehe sie nachhaken konnte, war Katrin Körner schon neben ihnen und öffnete die Eingangspforte.

»Sie sind von der Polizei«, sagte sie auf dem Weg zur Haustür.

Maike bestätigte.

Mit einem klimpernden Schlüsselbund schloss Frau Körner die Haustür auf. »Und Sie wollen zu uns?«

»Zu Ihnen. Nur einige Fragen«, antwortete Maike ruhig.

Frau Körner führte sie durch einen hellen Flur zu einem Eckzimmer mit hohen Decken, dessen Außenwände vollständig verglast waren.

»Darf ich Sie bitten, Ihre Schuhe auszuziehen?« Katrin Körner schlüpfte selbst aus Sneakern, die ebenso blassrosa waren wie ihr Anorak, und in ein paar weiße Hausschuhe.

Maike überlegte kurz, dann fischte sie die Plastikfüßlinge aus ihrer Tasche und hielt sie in die Höhe. »Gehen die auch?«

Frau Körner stutzte. »Sind die neu?«

»Ja«, log Maike und zog sich, nachdem Frau Körner zugestimmt hatte, die Füßlinge über.

Lukas zog brav seine Schuhe aus.

»Nehmen Sie doch bitte Platz.« Frau Körner deutete auf einen runden Tisch, um den mehrere gepolsterte

Stühle standen. »Tut mir leid. Ich würde Ihnen normalerweise etwas zu trinken anbieten, aber ich habe nicht viel Zeit.«

»Es wird nicht lange dauern«, versicherte Maike und stellte Lukas und sich vor. Katrin Körner setzte sich auf einen Stuhl gegenüber und faltete die Hände vor sich. Zweimal wanderte ihr Blick zu einer überdimensionierten Wanduhr, sicher ein schweineteures Designerstück.

»Müssen Sie weg?«

»Was?« Katrin Körner zuckte zusammen, als habe Lukas sie bei etwas Verbotenem ertappt. »Nein. Das nicht. Es ist nur: Meine Tochter hat heute eine Aufführung. In der Ballettschule. Mit anschließender Karnevalsparty. Da darf ich auf keinen Fall zu spät kommen.«

Maike nickte scheinbar verständnisvoll. »Ihre Tochter tanzt? Wie schön. Aber nicht in Niederteerbach, oder?«

Katrin Körner schmunzelte. »Nein. In Köln. Ich hab sie gerade dorthin gebracht. Hier bei uns gibt es keine Ballettschule, leider.«

Nein, die gab es nicht. Jedenfalls nicht, bis Sabine Graefe auf die Idee käme, dass eine solche genau das war, was Niederteerbach noch fehlte.

»Wann beginnt denn die Aufführung?«, fragte Maike.

»Um 16 Uhr.«

Viel Zeit hatten sie also nicht. Vermutlich wollte sich Frau Körner noch umziehen. »Wie gesagt, es sind nur ein paar Fragen.«

»Es geht um den Toten, habe ich recht? Aus dem *Fit with Fun*.«

Verblüfft blickten Maike und Lukas sie an.

»Mein Chef hat mich vorhin angerufen«, erklärte Katrin Körner.

Maikes Stimmung verfinsterte sich. Zwar hatte sie Konstantin Odenthal nicht verboten, seine Angestellte zu informieren, aber wenn sie ermittelte, war es ihr lieber, wenn ihr Gegenüber nicht zu viel Zeit hatte, sich im Vorfeld Antworten zurechtzulegen.

»Wie gut kannten Sie Herrn Sperling?«, fragte sie deshalb direkt.

»Kaum«, antwortete Frau Körner prompt. »Er war in den letzten Tagen nur ein paar Mal im Studio.«

»Wir haben heute Morgen mit einigen seiner Kollegen gesprochen«, ließ Maike sie wissen. »Die behaupten, Sie hätten sich mit Herrn Sperling unterhalten.«

»Natürlich habe ich das. Er war Kunde im *Fit with Fun,* und ich arbeite dort.«

»Mehr war da nicht?«

Katrin Körner nahm die Hände vom Tisch und streckte die Schultern durch. »Er hat mir einen Kaffee ausgegeben, geht es darum?«

»Er hat Ihnen einen Kaffee ausgegeben?« Bei Befragungen wiederholte Maike gern die letzten Worte ihres Gegenübers, um mehr aus ihnen herauszulocken.

»Ja. Einen Cappuccino, wenn Sie es genau wissen müssen.«

»Lassen Sie sich öfter von einem Kunden zum Kaffee einladen?«

Frau Körner wurde rot. »Nein. Aber der Kunde ist König.« Sie holte tief Luft und fasste sich wieder. »Hören Sie, ich weiß nicht, worauf Sie hinauswollen. Es war nur ein Kaffee, okay?«

Maike lächelte dünn. »Natürlich, Frau Körner. Haben Sie trotzdem irgendetwas mitbekommen, das erklären könnte, warum Herr Sperling im Pool gelandet ist?«

Frau Körner senkte den Kopf und die Haare rutschten ihr ins Gesicht. Jetzt konnte Maike deutlich einen dunklen Haaransatz erkennen.

»Nein«, murmelte sie und blickte sie direkt an. »Es tut mir leid. Das alles ist wirklich fürchterlich.«

Maike schwieg, doch Katrin Körner blieb stumm.

»Ihnen ist also gar nichts aufgefallen?«

Die Frau vor ihr schüttelte den Kopf. »Nichts. Ich meine ... Dass er und seine Partnerin Schwierigkeiten hatten, das war offensichtlich. Diese Italienerin hat sie auf mich angesetzt, oder? »

»Dazu darf ich nichts sagen. Es gab verschiedene Hinweise.«

»Die hätte mir am liebsten die Augen ausgekratzt.« Katrin Körner kam nun doch ins Plaudern. »Eine sehr unangenehme Person. Hat sich über alles beschwert und aufgeregt. Und dieser Regisseur, auch ein furchtbarer Mensch.«

»Sie meinen Herrn Dudenhöfer?«

»Ja. Also der ist total unmöglich. Wie der mit dem Herrn Sperling umgesprungen ist, das hätte ich mir von meinem Arbeitgeber nicht bieten lassen.«

»Was meinen Sie?«

»Na ja, angepflaumt hat er ihn vor allen Leuten. Das war wirklich peinlich.«

»Im Fitnessstudio?«, fragte Lukas überrascht.

Katrin Körner nickte. »An dem Tag, an dem mir Herr Sperling den Cappuccino ausgegeben hat. Sie haben die Räumlichkeiten besichtigt. Und er hat Jonas richtig runtergemacht. Dass er sich unprofessionell verhält und sich gefälligst auf die Arbeit konzentrieren soll. Und dass er es hasst, mit Pärchen zu drehen. Er war echt wütend.« Sie hob beide Hände in die Luft. »Aber was weiß ich. Vielleicht ist er auch nur für Herrn Sperlings Freundin in die Bresche gesprungen. Entschuldigung, da ging es wohl mit mir durch. Das tut vermutlich nichts zur Sache.«

»Alles, was Ihnen einfällt, kann wichtig sein«, widersprach Lukas.

Katrin Körner lächelte ihn verlegen an, schwieg allerdings wieder.

»Sonst noch irgendetwas?« hakte Maike nach, doch die Frau schüttelte nur den Kopf.

»Wann haben Sie Herrn Sperling eigentlich das letzte Mal gesehen?«, fragte sie deshalb.

Ihr Gegenüber blickte sie verwirrt an. »Am Mittwoch, als er mir den Cappuccino ausgegeben hat. Warum fragen Sie?«

»Routine, Frau Körner. Reine Routine.«

»Ich hatte gestern frei. Ich war noch nicht mal im Fitnessstudio!«

Maike nickte. »Und wie haben Sie den Abend verbracht?«

Katrin Körners Augen weiteten sich. »Sie ... Ich. Also, ich habe den Abend hier verbracht. Mit meiner Tochter. Wir sind früh zu Bett gegangen. Wegen der Aufführung heute.«

»Und Ihr Mann?«

»Mein Mann ist gerade auf einer Geschäftsreise. In den USA. Hören Sie, wenn ich sonst nichts mehr für Sie tun kann – ich muss mich jetzt wirklich umziehen.«

»Eine letzte Frage noch. Wenn Sie Ihre Tochter gerade nach Köln gebracht haben, warum sind Sie nicht selbst gleich dort geblieben? Der Verkehr ist doch immer furchtbar.«

»Weil ich Hannah-Sophia zu ihrer Oma gebracht habe, meiner Schwiegermutter. Sie zahlt die Ballettstunden und bringt Hannah-Sophia auch dorthin. Und ich bin noch mal nach Hause gekommen, um mich umzuziehen. Und weil Konstantin, also Herr Odenthal, mich informiert hat, dass Sie mich sprechen wollen. War's das?«

»Natürlich«, sagte Maike. »Wenn Ihnen noch irgendetwas einfällt ...«

Frau Körner versprach, sich in dem Fall sofort bei der Polizei zu melden, und brachte sie freundlich, aber bestimmt zur Tür.

»Was hältst du von ihr?«, fragte Maike Lukas, als sie ins Auto stiegen.

Lukas zögerte. »Schwer einzuschätzen.« Er zog die Tür hinter sich zu. »Eins steht fest: Sie findet Giovanna Ricci ebenso unsympathisch wie die sie.«

Maike schnallte sich an. »Das kannst du laut sagen.«

»Und die Sache mit dem Regisseur ...«

»Das kam unerwartet. Aber mit ihm wollten wir ja ohnehin noch sprechen. Mal sehen, was Gabi inzwischen herausgefunden hat.«

Kapitel 9

Als Lukas den Wagen vor dem Rathaus parkte, klingelte Maikes Smartphone. Zoes Name leuchtete auf dem Display auf.

»Ja ...?«, meldete sie sich vorsichtig, weil sie sich nur allzu gut an das Telefonat mit ihrer Nichte am Morgen erinnerte.

»Ich komme gerade aus dem Labor und habe ein paar Infos, die dich bestimmt interessieren«, ertönte Zoes Stimme aus dem Lautsprecher.

»Du hast dein Handy wieder«, begrüßte Maike sie erfreut.

»Du hast es mitbekommen? Mark hat es vorhin vorbeigebracht.«

»Na hör mal, ich hab den halben Tag noch nicht mit meiner besten Freundin geschrieben. Und das bei *so einem* Fall. Natürlich hab ich das mitbekommen. Unser toter Taucher ist also tatsächlich auf deinem Tisch gelandet.«

Maike gab Lukas mit Handzeichen zu verstehen, dass er schon mal vor in die Wache gehen konnte. Er drückte ihr den Autoschlüssel in die Hand und verließ den Wagen. Sie selbst blieb sitzen.

»Ist er«, bestätigte Zoe. »Ertrunken ist er allerdings nicht.«

»Ach!« Maike schnallte sich ab und lehnte sich im Sitz zurück. »Erwürgt?«

»Du hast die Hämatome im Halsbereich gesehen, was? Das sind keine Würgemale.«

»Nein?«

»Ziemlich sicher nicht«, erwiderte Zoe. »Die Abdrücke stammen nicht von Fingern, sondern vermutlich von einem glatten, festen Gegenstand. Wie von einem Polizeiknüppel oder einem Besenstil oder so was.«

Maike richtete sich im Sitz auf. Sie erinnerte sich an den Morgen im Fitnessstudio, die Ecke, in der Jonas Sperlings' Sporttasche gelegen hatte. »Eine Hantelstange?«, fragte sie.

»Könnte sein.«

Maike überlegte. Sie musste Pöller anrufen und fragen, ob er Fingerabdrücke auf den Langhanteln gefunden hatte. Sofort verzog sie das Gesicht. Ziemlich sicher hatte er Fingerabdrücke an einer Hantelstange in einem öffentlichen Sportstudio gefunden. Falls sie nicht absichtlich entfernt worden waren. »Dann hat ihm vielleicht jemand mit einer Hantelstange die Luft abgedrückt«, ließ sie Zoe an ihren Gedanken teilhaben. »Ihn erstickt. Oder zumindest bewusstlos gemacht. Und anschließend in den Pool geworfen? Damit das Wasser den Rest erledigt?«

»Wie gesagt«, wiederholte Zoe. »Ertrunken ist er nicht.«

»Sicher?«, fragte Maike.

»Ich bin Rechtsmedizinerin, schon vergessen?«

»Entschuldigung, Frau Doktor.«

»Das Lungengewebe war nicht überbläht und wir haben auch keine Blutungen unter der Pleura gefunden. Und das Wylder-Zeichen war auch negativ.«

Maike zog eine Grimasse. »Jetzt weiß ich wieder, dass du Rechtsmedizinerin bist.«

»Das Wylder-Zeichen gilt als diagnostisches Kriterium für einen Ertrinkungstod. Man untersucht den Mageninhalt, in dem man ihn in ein Gefäß gibt und eine halbe Stunde abwartet, ob er sich schichtweise auftrennt.«

»Danke, reicht mir schon.« Maike versuchte, ihre beste Freundin zu stoppen, doch die war jetzt in ihrem Element.

»Wenn jemand viel Wasser und Luft verschluckt hat, trennt sich der Mageninhalt in eine schaumige Phase, die obenauf schwimmt, eine flüssige in der Mitte und eine feste am Boden des Becherglases. Leider ist es allerdings so, dass Wasser auch postmortal eindringen kann, zum Beispiel bei der Bergung. Deshalb besitzt das Wylder-Zeichen für sich keinen beweisenden Charakter.«

»Und bei Jonas Sperling gab's diese drei Schichten nicht?«

»Kein Wasser«, bestätigte Zoe. »Wir haben allerdings etwas anderes gefunden.«

»Ah, ja?«

»Halbverdaute Überreste, vermutlich von einem Eiweißriegel oder auch einem Eiweißdrink.«

»Naja, er war trainieren ...«, überlegte Maike.

»Wir lassen den Mageninhalt untersuchen, zusammen mit dem Blut. Danach wissen wir mehr. Dauert aber ein paar Tage.«

Maike brummte zustimmend. »War sonst noch irgendetwas auffällig an der Leiche?«

»Das hat wahrscheinlich nichts mit deinem Fall zu tun«, antwortete Zoe, »aber: Jonas Sperling hat bei sich eine Vasektomie durchführen lassen. Und den Narben am Hodensack zufolge ist das noch nicht allzu lange her.«

»Er ist sterilisiert? Das überrascht mich nicht. Drei Mal darfst du raten, als was Jonas Sperling seine Brötchen verdient hat.«

»Als Pornodarsteller«, antwortete Zoe sofort.

Maike runzelte die Stirn. »Was man nicht alles als Rechtsmedizinerin herausfindet.«

Zoe lachte.

Maike öffnete die Fahrertür und stieg aus dem Auto. »Wer hat geplaudert? Das hast du doch nicht auf dem Obduktionstisch herausgefunden.«

»Oh doch!«, behauptete Zoe.

»Nääää! Und wie das?«

Sie konnte das Grinsen ihrer besten Freundin durch das Telefon hören. »Das erzähle ich dir nachher beim Abendessen. Oder besser: *nach* dem Abendessen.«

Sie verabschiedeten sich, Maike schloss das Auto ab und ging Richtung Rathaus. Auf dem Weg durch die Flure bemerkte sie, dass Martin ihr eine SMS geschickt hatte:

Die Mühlen der Gerechtigkeit mahlen zur Abwechslung mal schnell, schrieb er. *Mein Chef sagt, um den Durchsuchungsbeschluss kümmert sich bereits jemand.*

Dahinter hatte er einen Zwinker-Smiley und ein Daumen-hoch-Emoji gepackt.

Maike wollte ihm gerade zurückschreiben, als sich die Tür öffnete und die Graefe im Durchgang stand, mit ungewöhnlich verkniffenem Gesicht. Maike, noch ein Lächeln im Gesicht, wich einen Schritt zurück, um sie vorbeizulassen.

»Ich wüsste nicht, was es heute zu lächeln gäbe, Frau Pech«, pfefferte die Bürgermeisterin ihr an den Kopf, als sie sich an ihr vorbeidrängte. »Es ist Karnevalsfreitag und in Niederteerbach läuft ein Mörder frei herum.«

»Ich weiß«, versicherte Maike. »Die Mörder heutzutage haben einfach keinerlei Respekt mehr.«

Die Nase der Graefe zuckte, und sie sah so aus, als wüsste sie nicht recht, wie sie darauf reagieren sollte. »Gibt es schon etwas Neues?«, fragte sie kurz angebunden.

Maike schüttelte den Kopf. »Nichts, was ich Ihnen mitteilen dürfte.«

Sabine Graefe verdrehte die Augen, strich sich imaginäre Falten aus ihrem Jackett und fixierte Maike. »Frau Pech, nichts liegt mir ferner, als Ihnen Druck machen zu wollen. Und natürlich ist mir bewusst, dass Sie in den vergangenen Jahren in Berlin auf die Karnevalszeit verzichten mussten. Aber Sie sind doch in Köln groß geworden. Sicher muss ich Sie nicht daran erinnern, was uns dieses Wochenende bevorsteht ...«

»Ich denke«, unterbrach Maike den Redeschwall, »Gabi hat mich diese Woche schon ganz gut eingestimmt.«

»Sehr schön!« Sabine Graefe lächelte knapp, doch ihre Augen funkelten. »Dann tun Sie mir den Gefallen und finden Sie diesen Mörder. Vor der nächsten Karnevalssitzung.«

Maike überlegte, ob sie die Bürgermeisterin darauf hinweisen sollte, dass es noch keineswegs sicher war, dass Jonas Sperling ermordet worden war. Jedoch befand sich diese offensichtlich gerade nicht in der Verfassung für ein vernünftiges Gespräch, und zudem glaubte Maike selbst schon lange nicht mehr an einen Selbstmord oder einen Unfall.

Bevor sie irgendetwas sagen konnte, ergriff die Graefe wieder das Wort: »Glauben Sie nicht, dass Sie die Einzige sind, die gerade Stress hat, Frau Pech. Und jetzt entschuldigen Sie mich, ich muss mich um den Wahnsinnigen kümmern, der diesen Rosenmontagswagen verbrochen hat. Dabei hatte ich klare Anweisungen gegeben«, stieß sie zwischen zusammengebissenen Zähnen hervor, wohl mehr zu sich selbst als zu Maike. »Um alles, aber auch wirklich alles muss man sich in dieser Gemeinde selber kümmern.«

Im Büro genehmigte sich Maike einen der kleinen Marzipanriegel, die sie für alle Fälle in ihrer Schublade aufbewahrte. Danach setzte sie sich mit ihren Kollegen zusammen, um mit ihnen die nächsten Schritte durchzugehen. Erfreulicherweise hatte Gabi darauf verzichtet, das Radio einzuschalten.

»Sascha Dudenhöfer hat vorhin angerufen«, berichtete sie.

»Der Regisseur?« Lukas rollte mit seinem Drehstuhl näher heran.

Gabi bejahte. »Er ist tatsächlich in Berlin. Hat dort angeblich einen Arzttermin.«

»Überprüfst du das?«, bat Maike.

»Ich bin bereits dran. Geht nur leider niemand ans Telefon. Ich hab auf den Anrufbeantworter gesprochen und um Rückruf gebeten.«

Maike zückte ihr Smartphone. »Hast du seine Telefonnummer? Ich würde ihn gern zu einer Befragung einladen.«

Gabi lächelte selbstzufrieden. »Längst geschehen. Er kommt morgen hierher.«

»Um wie viel Uhr?«

»10:30 Uhr. Oder wolltest du dir das frühe Aufstehen jetzt zur Gewohnheit machen?«

»Ja, klar. Genau wie den Frühsport«, feixte sie. Dann wurde sie wieder ernst: »Danke, Gabi.«

»Und Giovanna Ricci hab ich vorhin angerufen«, berichtete Lukas. »Sie kommt morgen auch noch mal zu einer zweiten Befragung rein. Um 11 Uhr.«

»Sehr gut«, sagte Maike und stand auf. Mit einem Stöhnen streckte sie den Rücken durch. »Gabi, kannst du die Spusi anrufen und sie fragen, ob sie verwertbare Fingerabdrücke an den Fitnessgeräten gefunden haben, bei denen Jonas Sperlings Sporttasche stand? Insbesondere bei den Hanteln?«

Gabi nickte.

»Soll ich morgen zu den Befragungen auch kommen?«, fragte Lukas. »Ist ja Samstag ...?«

Maike schüttelte den Kopf. »Schaff ich schon allein.«

»Und was jetzt?«, fragte Lukas.

»Feierabend. Wenn morgen dieser Dudensack –«

»Duden*höfer*«, korrigierte Gabi.

»Der Regisseur«, fuhr Maike ungerührt fort. »Wenn morgen der Regisseur herkommt, und danach noch Frau Ricci, können wir heute auch früher nach Hause gehen.«

»Aber ich bin noch gar nicht dazu gekommen, mir das Video von den Zumwinkels anzugucken!« Mit zwei Fingern hielt Gabi den pinken USB-Stick in die Höhe.

»Das läuft nicht davon«, erwiderte Maike.

Gabi schüttelte den Kopf. »Wenn die Daisy noch mal ihr Geschäft erledigt und ich bin schuld, weil ich die Videos nicht angeguckt hab, stehen die Zumwinkels gleich wieder hier auf der Matte.«

»Wenn wir jetzt gehen, ist die Polizeiwache offiziell bis Rosenmontag geschlossen. Und sie werden dir ja wohl kaum zu Hause auflauern«, entgegnete Maike und hoffte, dass das auch stimmte. In Niederteerbach konnte man nie wissen.

»Na gut.« Gabi ließ sich überzeugen. »Aber dann nehme ich den Stick mit und schau ihn mir morgen einfach zu Hause an. Oder am Sonntag.«

»So machen wir es!« Maike klatschte in die Hände. »Und jetzt lasst uns hier dichtmachen.«

»Perfekt.« Lukas schaltete seinen Rechner aus.

Gabi tat es ihm gleich.

»Sicher, dass du uns morgen nicht brauchst?«, fragte sie, als sich alle zum Aufbruch bereitmachten.

»Feiert ihr mal schön Karneval.« Maike schlüpfte in ihren Parka. »Du hast die letzten Wochen ohnehin genügend Überstunden angesammelt und am Sonntag noch die Rufbereitschaft. Das ist wirklich okay.«

Hintereinanderher liefen sie zur Eingangstür der Polizeiwache.

»In meinem Rollcontainer liegt noch eine CD mit Karnevalshits«, ließ Gabi sie wissen.

Maike steckte den Schlüssel ins Schloss. »Na, was für ein Glück.«

»Ist da auch *In deinem Hafen* drauf?«, stichelte Lukas – und Gabi erstarrte.

»Moment!«, rief sie. »Das hätte ich ja fast vergessen. Wir müssen den Horst noch wecken und aus seiner Arrestzelle schmeißen.«

Kapitel 10

Zoe beobachtete amüsiert, wie sich Maike mit einem Seufzen in den rechten der beiden Sitzsäcke sinken ließ, der in den letzten Monaten zu ihrem Stammplatz auf dem ausgebauten Speicher geworden war. Eigentlich handelte es sich beim geräumigen Dachboden um Marks Arbeitszimmer. Inzwischen war er jedoch für sie und ihre beste Freundin zu einem Rückzugsort für private Gespräche geworden.

»Kaputt?«, fragte Zoe, während sie zum Schreibtisch ging und aus dem Stiftehalter einen Korkenzieher zog.

»Ich bin kurz davor, mir einen von Marks Energydrinks zu schnappen.« Maike deutete auf den Mini-Kühlschrank, und Zoe verzog angewidert das Gesicht.

»Das lässt du schön bleiben. Reicht schon, wenn ich deinem Bruder die Dinger nicht abgewöhnen kann.« Unschlüssig blickte sie von der Weinflasche zu Maikes müdem Gesicht. »Sicher? Oder soll ich dir lieber einen doppelten Espresso machen?«

»Gib schon her.« Maike beugte sich vor, nahm ihr den Korkenzieher ab und klemmte sich die Weinflasche zwischen die Oberschenkel. Zoe ließ sich im zweiten Sitzsack nieder und warf einen Blick auf ihre Armbanduhr. So spät war es eigentlich noch gar nicht. Aber Maike sah aus, als habe sie ein oder zwei Nächte durchgefeiert. Das war Zoe schon aufgefallen, als sie vor ein paar Stunden angekommen war. Das Abendessen hatte Maike tapfer durchgehalten, doch Zoe war froh gewesen, dass sie sich heute auf den letzten Drücker beim Kochen für Soba-Nudeln mit Garnelen und gegen ein Fleischgericht entschieden hatte. Nach einem Sauerbraten mit Klößen hätte sich Maike vermutlich einfach auf der Couch im Wohnzimmer zusammengerollt und geschlafen. Die asiatischen Gewürze und die getrocknete Chili im Essen hatten ihre Lebensgeister zumindest ein bisschen mobilisiert.

»Woran hast du erkannt, dass Jonas Sperling Pornodarsteller war?«, fragte Maike, während sie dunklen Rotwein in die Gläser vor sich einschenkte.

Zoe spürte, wie ihre Mundwinkel zuckten. »*Deshalb* konntest du es kaum abwarten, dass Mark die Zwillinge ins Bett bringt.«

Sie stießen mit den Gläsern an.

»Jetzt sag schon.« Maike warf einen Blick hinüber zu den Fachbüchern über Forensik, die neben dem gewaltigen Stapel Frauenmagazinen standen. »Das hast du doch nicht im Studium gelernt.«

Zoe nippte am Wein. »*Ich* habe es ehrlich gesagt gar nicht *erkannt*«, gab sie zu. »Sondern Mira.«

Maike riss die Augen auf. »Deine Assistentin?«

»Wie sich herausstellt, schaut sie sich ab und zu mal gern einen Porno an.«

»Ha, ich wusste doch gleich, dass die kein Mauerblümchen ist, nachdem sie letzten Monat mit den grünen Haaren und der weißen Clownsfratze bei der Obduktion von Anna Schmaus aufgetaucht ist.«

»Kann ja nicht jeder so ein Karnevalsmuffel sein wie du.«

Maike stieß ihr scherzhaft mit der Fußspitze gegen die Wade. »Sei froh, dass das so ist, sonst hättest du morgen kein Kindermädchen.« Sie trank noch einen Schluck Wein, ehe sie das Glas vorsichtig auf dem gestreiften Teppich abstellte. »Aber ernsthaft: Deine Assistentin hat einen Porno mit unserem Toten gesehen?«

Zoe nickte. »Zumindest Ausschnitte davon, im Internet. Einfach so, auf irgendeiner Seite. Ohne Probleme zugänglich. Stell dir das mal vor!« Ihr Magen zog sich zusammen. »Wenn ich so was höre, möchte ich Sarah am liebsten das Smartphone wegnehmen. Und ihren Browserverlauf kontrollieren.«

Maike beugte sich vor und streichelte ihr Knie. »Ich kann zwar nicht glauben, dass ich das sage, aber eigentlich ist deine Tochter eine recht vernünftige junge Frau.«

»Ja«, grummelte Zoe. *»Eigentlich.«*

Sie wusste ja, dass sie sich auf Sarah verlassen konnte. Und Noah, ihr Freund, war ein anständiger Typ. Zoe war sich im Klaren darüber, dass sie ihre Tochter nicht vor allem beschützen konnte, und wenn sie an ihre eigene Jugendzeit dachte ... Sie musste sich einfach darauf verlassen, dass Mark und sie Sarah so erzogen hatten, dass sie die richtigen Entscheidungen traf. Mehr konnte sie ohnehin nicht tun. Ihr kleines Mädchen würde nicht immer ein Kind bleiben.

»Vielleicht«, schlug Maike vor, »sollten wir mal prüfen, über was Sarah da im Fall der Fälle so stolpern könnte?«

Zoes Mundwinkel zuckten. »Du meinst ...?«

Maike nickte.

»Dazu nehmen wir aber dein Handy! Wenn sich sonst Sarah das nächste Mal meines schnappt. Oder Mark!«

Sie kniete sich neben Maike auf den Boden, während die die Browser-App ihres Smartphones aufrief.

»Und wie findet man das jetzt?«

Zoe stieß ihrer besten Freundin den Ellenbogen in die Hüfte. »Jetzt tu bloß nicht so unschuldig.«

»Ich mein doch nur, ich kann wohl kaum *Jonas Sperling* und *Porno* in die Suchmaschine eingeben. Der hat doch sicher nicht unter seinem echten Namen gedreht. Moment.«

»Bumsfidel?«

»Da drehen sie in Oberteerbach gerade den dritten Teil. Vielleicht hat Sperling ja auch in Teil eins und zwei mitgespielt. Immerhin soll er in seinem Fachgebiet ziemlich erfolgreich gewesen sein. Irre, oder? Ich meine: Wer hätte gedacht, dass man heutzutage noch mit Pornofilmen erfolgreich sein kann.«

»Frag mal Paris Hilton oder Kim Kardashian.«

»Auch wieder wahr. Ist aber schon einige Jahre her. Ist dir sonst irgendwas an der Leiche aufgefallen? Irgendwas, das mir weiterhelfen könnte?«

Zoe schüttelte den Kopf. »Außer, dass er offensichtlich keine Kinder haben wollte? Und einen wirklich großen Penis besaß?«

»Wer besitzt einen großen Penis?«

Marks Oberkörper tauchte aus dem Loch zur Stegleiter auf. Maike fiel vor Schreck beinahe das Handy aus der Hand und Zoe spürte, wie ihre Ohren zu glühen begangen.

»Was guckt ihr euch da denn an?«

»Nichts!«

»Stör ich euch?«, fragte ihr Mann.

»Nicht, wenn du Lust hast, dich mit uns über Penisgrößen und Tangas zu unterhalten, *Britta Sommer*«, entgegnete Maike.

Manchmal wunderte Zoe sich, welch verrückte Themen Mark in seiner Britta-Sommer-Kolumne aufgriff. Nachdem er allerdings in den letzten Wochen aus Recherchegründen das Haus mit Damenstrumpfhosen geflutet hatte, wollte sie nicht wissen, was passierte, wenn er nun über Herrentangas schrieb.

»Was hältst du von einer Vasektomie?«, fragte sie.

Mark rückte sich nervös die Leichtgestellbrille zurecht. »Für mich?«

Maike erlöste ihn. »Wir sprechen gerade über einen Fall.«

Mark entspannte sich. »Ah. Und das Opfer hat sich sterilisieren lassen? Und hatte einen großen Penis?«

»Pornodarsteller«, sagte Maike, als erkläre das alles. »Wäre das nicht mal ein spannendes Thema für deine Kolumne?«

Marks Augen begannen zu strahlen. »Ich habe da mal einen Artikel geschrieben –«

»Ich erinnere mich!«, unterbrach ihn Zoe. »Schlafen die Zwillinge etwa schon?«

Er nickte. »Ging heute überraschend schnell. Ich geh gleich noch mal kurz mit Nele eine letzte Gassi-Runde und wollte euch vorher fragen, ob ihr noch was braucht?«

Zoe warf Maike einen Blick zu, doch die schüttelte nur den Kopf.

Auch sie selbst fühlte sich gut versorgt. »Danke dir. Hier ist alles okay.« Sie lehnte sich Richtung Bodenluke und drückte ihrem Mann einen Kuss auf die Lippen. »Keine Sorge. Heute wird es nicht spät. Maike kann jetzt schon kaum mehr die Augen offen halten.«

»Das hab ich gehört!«, entgegnete Maike gespielt empört, und Zoe und Mark grinsten sich an.

»Wenn du hier schlafen möchtest ...«, bot er an, bevor sie es tun konnte, doch Maike schüttelte den Kopf. »Geht nicht. Die Katzen.«

Mark nickte verständnisvoll. »Dann nimm dir vor der Rückfahrt am besten noch einen Energydrink aus dem Kühlschrank.« Und damit verschwand er wieder durch das Loch im Boden und ließ sie allein. Sie blickten sich an.

»Wo waren wir?«, fragte Zoe.

Maike hob ihr Glas. »Hast du noch ein Kölsch? Ich steig um.«

»Klar, nimm dir eine Flasche aus dem Kühlschrank.«

Maike nahm einen großen Schluck und ließ sich ins Kissen sinken.

Zoe wechselte das Thema. »Ich muss dir noch was sagen.«

Maike runzelte die Stirn. »Ja?«

»Aus unserem Hamburg-Ausflug wird nichts.«

Wie elektrisiert richtete sich Maike in ihrem Sitzsack auf. »Was?!«

»Tut mir leid. Das Konzert ist abgesagt worden.«

»Och nööö. Warum?«

»Wasserschaden in der Halle. Ist wohl eine größere Geschichte.«

»Menno.« Maike sah tatsächlich geknickt aus. »Und jetzt?«

»Fahren wir eben später.« Zoe gab sich Mühe, bestimmt und zuversichtlich zu klingen. »Das Konzert wird bestimmt nachgeholt. Und Hamburg ist im Sommer eh schöner.«

»Ich weiß nicht«, überlegte Maike. »Wollen wir nicht trotzdem einfach fahren? Du weißt doch ...«

»Dein Geburtstag, ja, ich weiß. Ach komm, wir machen es uns einfach hier schön.«

»Hier?«, wiederholte Maike. »Schön?«

Zoe zuckte mit den Schultern.

»Klar«, sagte Maike. »Warum sollte ich meinen Geburtstag in einem Luxushotel in Hamburg verbringen wollen, wenn ich das auch in meiner Wohnung in Niederteerbach tun kann?«

Maikes fensterloses Wohnzimmer stieg vor Zoes innerem Auge auf, und für einen Moment regte sich in ihr ein schlechtes Gewissen. »Hey, immerhin hat Niederteerbach jetzt doch auch ein Spa-Center. Da könnten wir zusammen hingehen.«

»Super Idee. Der Poolbereich soll besonders schön sein, hab ich gehört.« Maike kniff die Augen zusammen. »Sag mal, du planst doch nicht etwas hinter meine Rücken?«

»Was?« Zoe gab sich arglos. »Quatsch.«

»Zoe Iyeke Schwäfel. Schwör mir, dass du hinter meinem Rücken keine Geburtstagsfeier planst!«

Zoe hob feierlich die Hand, als stünde sie vor Gericht. »Ich schwöre, dass ich keine Geburtstagsfeier für dich plane, Maike Pech.«

Das stimmte. Sie plante keine Feier zum Vierzigsten ihrer besten Freundin. *Sie* nicht.

Maike blieb misstrauisch. »Und Mark auch nicht?«

»Nein«, versprach Zoe.

»Und auch nicht meine Mutter.«

»Und Jutta auch nicht.«

»Und ...«, setzte Maike noch einmal an, doch jetzt wurde es Zoe zu brenzlig.

»Niemand hier plant für dich eine Geburtstagsfeier, okay?«, unterbrach sie ihre beste Freundin und beruhigte sich in Gedanken, dass sie mit *hier* natürlich ausschließlich Köln-Junkersdorf meinte. Von Niederteerbach war nicht die Rede.

Erleichtert ließ sich Maike zurücksinken. »Na gut.«

»Themawechsel«, beschloss Zoe. »Weißt du inzwischen, was du mit deinen beiden Männern machst?«

»Bitte was?« Maike gab sich entrüstet. »Ich habe keine ›beiden Männer‹.«

»Na klar«, zog Zoe sie auf. »Weißt du, wann Mark mir das letzte Mal Blumen mitgebracht hat? Und du bekommst an einem Tag sogar zwei Sträuße? Einer noch dazu direkt aus Berlin.«

Sie war dabei gewesen, als Maike die Blumen von Martin und Sandro zugeschickt bekommen hatte. Und so, wie ihr junger Nachbar Philipp Maike angesehen hatte, war der drauf und dran gewesen, ihr ebenfalls welche zu schenken.

»Das war was völlig anderes«, verteidigte sich Maike. »Das waren Glückwünsche. Zu einem gelösten Fall.«

»Ja, genau. Mein Chef schenkt mir auch immer Blumen, wenn ich eine Obduktion beendet habe.«

Ihre Freundin warf ihr einen empörten Blick zu. Dann wurden ihre Gesichtszüge weicher. »Na gut. Vielleicht haben sie sie nicht nur deshalb geschickt.«

Zoe lachte. »Freu dich einfach drüber.«

»Tu ich ja auch.«

»Aber?«

»So einfach ist das eben nicht.«

Zoe legte den Kopf schief. »Weil du dich nicht entscheiden kannst?«

»Weil der eine am anderen Ende der Republik wohnt. Und der andere Staatsanwalt ist.«

»Na und, du bist doch keine Verbrecherin.«

»Aber Polizistin.«

Alles Ausreden, dachte Zoe. Laut sagte sie: »Ach Maike, es ist ja nicht so, als ob er dein Chef wäre.«

Maike kratzte sich am Hinterkopf. »Du hast nicht zufällig irgendetwas zum Knabbern im Haus?«

Zoe stand auf und ging hinüber zum Schreibtisch. Aus der untersten Schublade des Rollcontainers holte sie ein angebrochenes Döschen Erdnüsse und warf es Maike zu.

»Marks geheimer Vorrat«, erklärte sie. »Gut versteckt, wo ihn die Kinder nicht finden.«

»*Das* ist ein gutes Versteck?«, erwiderte Maike ungläubig.

Zoe setzte sich wieder. »Zumindest kommen sie hier normalerweise nicht hoch.«

Maike steckte sich ein paar Nüsse in den Mund und hielt ihr das Döschen hin, doch sie lehnte ab.

»Wie findest du Sandro?«, fragte Maike.

»Ist es nicht wichtiger, wie du ihn findest?«, konterte Zoe.

Dieses Gespräch hatte sie schon eine ganze Weile führen wollen. Doch als sie Ende Januar Maike besucht hatte und die Blumen angeliefert worden waren, hatte Philipp das Foto aus Billies Akte entdeckt, und danach war es den ganzen Abend um andere Dinge gegangen. Seither stürzte sich Maike mit einer Vehemenz auf Billies Fall, dass kaum etwas anderes in ihrem Leben Platz zu finden schien.

»Er ist wirklich charmant«, antwortete Maike schließlich und Zoe sah ganz genau, dass sich ihre Lippen zu einem leichten Lächeln verzogen. »Und er riecht gut.«

»Er riecht gut? So so.«

»Na komm, das hast du doch sicher auch bemerkt.«

»Vielleicht«, gab sie zu. »Und auch, dass er attraktiv ist und anständig und zuvorkommend.«

»Und er will Kinder.«

Sie hob eine Augenbraue. »Und das glaubst du, weil ...?«

»Er es mir gesagt hat.« Maike warf sich eine weitere Erdnuss in den Mund. »Als wir zusammen in der *Rheinperle* gegessen haben. Ermittelt haben, meine ich. Und gegessen. Was weiß ich. Und überhaupt: Für so was hab ich gar keine Zeit.« Sie hielt die Dose in die Höhe. »Die sind echt gut.«

Zoe unterdrückte ein Stöhnen. »Ich seh schon. Ich glaube, ich bitte Mark mal, dir einige seiner Britta-Sommer-Artikel herauszusuchen: *Wie wir Frauen uns in Liebesdingen selbst sabotieren.*«

»Liebesdinge«, brummte Maike. »Was ist das überhaupt für ein Wort?«

Diesmal ging Zoe nicht auf sie ein. »Vielleicht solltest du dich einfach noch ein paarmal mit ihm treffen, um herauszufinden, ob du mehr Zeit mit ihm verbringen willst. Privat, meine ich.«

»Das ist es ja! Was, wenn's nicht gut läuft und wir danach weiter zusammenarbeiten müssen?« Sie schüttete sich die letzten Erdnüsse auf die Handfläche und stopfte sie sich in den Mund.

»Ihr seid keine kleinen Kinder mehr.« Zoe nahm ihr den Wind aus den Segeln. »Oder Jugendliche«, fügte sie hinzu, weil sie sich an Sarah erinnerte und an deren pubertierendes Drama mit dem Jungen aus der Parallelklasse, in den sie vor Noah verknallt gewesen war und mit dem sie bis heute kein einziges Wort mehr wechselte. »Probier es doch einfach mal aus.«

»Tu ich«, versprach Maike. »Wirklich. Ich hab mich bereits mit ihm zum Essen verabredet. Nächste Woche.«

Zufrieden streckte Zoe die Beine aus und beobachtete ihre sonst so selbstbewusste Freundin, die ihr bei dieser Offenbarung nicht in die Augen gucken konnte. »Und Martin?«, hakte sie nach.

Maike grummelte. »Du gibst wohl nie Ruhe, was?«

»Ich will doch nur, dass es dir gut geht.«

»Mir geht es gut«, antwortete Maike prompt. »Hast du vielleicht auch Schokolade da?«

»Da musst du nach Rosenmontag wiederkommen. Ich pack mir doch nicht mit dem ganzen ungesunden Zuckerzeug das Haus voll, wenn die Zwillinge es in ein paar Tagen auch noch kiloweise nach Hause schleppen. Kamelle alaaf! Zurück zu Martin.«

»Mit dem habe ich heute Morgen telefoniert. Also beruflich.«

»Rein beruflich, versteht sich...«

»Er ist schon nett«, räumte Maike ein. »Ich mag ihn. Und er ist Polizist. Er versteht mich und meine Arbeit.«

»Und du glaubst, das würde Sandro nicht?«

Maike drehte unschlüssig das leere Erdnussdöschen in den Fingern hin und her. »Keine Ahnung.« Sie blickte Zoe direkt an. »Du fändest es vermutlich besser, wenn ich mich auf Sandro einlasse, oder?«

Zoe überlegte kurz. »Nein«, antwortete sie dann ehrlich. »Und, Maike, das ist eine Frage, die du dir wirklich nur selbst beantworten kannst.«

Maike seufzte tief.

»Wieso glaubst du, dass ich dir zu Sandro raten würde?«, wollte Zoe wissen. »Weil er in Köln lebt und ich mir in dem Fall keine Gedanken machen muss, dass du wieder nach Berlin verschwindest?«

Ein bisschen verletzte Zoe dieser Gedanke, obwohl er ihr bereits selbst gekommen war. Aber Maike kannte sie gut genug, um zu wissen, dass sie, Zoe, sich nur ihr Bestes wünschte. Und wenn das Martin und Berlin sein sollten ...

Maike stellte die Erdnussdose beiseite und stützte ihre Ellenbogen auf den Knien ab. »Keine Angst. So schnell verschwinde ich nicht mehr von hier. Nicht, solange wir nicht herausgefunden haben, was mit Billie geschehen ist.«

Wie immer, wenn Billies Name fiel, verspürte Zoe einen vertrauten Stich im Herz. »Hast du Philipp schon in der Sargfabrik besuchen können?«

Maike schüttelte den Kopf. »Hat sich noch nicht ergeben. Sein Vorgesetzter war jetzt drei Wochen im Skiurlaub. Er will ihn nach Karneval fragen.«

»Was passiert, wenn wir herausfinden, was damals geschehen ist? Wenn wir den finden, der ...« Zoes Kehle schnürte sich zu und sie brach ab. Sie war sich sicher, dass Billie damals nicht einfach nur abgehauen war.

Maike und sie waren schon damals überzeugt davon gewesen, dass jemand für ihr Verschwinden verantwortlich war. Es auszusprechen, schaffte sie jedoch auch heute noch kaum.

Maike schaute sie ernst an. »Ehrlich, Zoe. Ich weiß es nicht.«

Sie hatten die Zeit vergessen, plötzlich war es spät geworden, und Maike entschied sich doch, bei Zoe und Mark zu übernachten. Mit einer aufblasbaren Matratze und einigen kuscheligen Decken und Kissen verwandelten sie den Speicher in ein provisorisches Gästezimmer.

»Echt toll, dass ihr dieses Luxusteil gekauft habt«, murmelte Maike, nachdem sie unter die Decken geschlüpft war.

»Du kannst ja nicht ständig auf einem Sitzkissen schlafen.«

»Danke.« Maike blickte sie seelig an. »Schlaf gut.«

Zoe wünschte ihr von der Klapptreppe aus dasselbe.

»Maike«, flüsterte sie, ehe sie nach unten in den ersten Stock verschwand.

Ihre beste Freundin öffnete die Augen und blinzelte sie schläfrig an. »Ja?«

»Ich bin wirklich froh, dass du wieder hergezogen bist.«

Maike schien zu überlegen, was sie antworten sollte. »Weißt du was?«, sagte sie dann und lächelte. »Das bin ich auch.«

Kapitel 11

Eigentlich war es Maikes Plan gewesen, sich aus dem Haus zu schleichen, ehe die Zwillinge aufwachten. Aber als sie die letzte Stufe von der Treppe ins Erdgeschoss nahm, rannten ihr Laura und Leonie bereits in sonnengelben Frotteeschlafanzügen entgegen.

»Tante Maike! Tante Maike!«, rief Leonie, die sie daran erkannte, dass sie ihr Plüscheinhorn im Laufen in die Höhe streckte. »Horni hat Bauchschmerzen.«

»Du musst ihm helfen«, erklärte Laura, als sie vor ihr stoppten.

»Aber klar.« Sie zog ihr Smartphone aus ihrer Handtasche und tat so, als ob sie ihren Kalender öffnete. »Leider hat Tierärztin Dr. Pech erst heute Nachmittag wieder einen Termin frei.«

Die Zwillinge zogen enttäuschte Schnuten. Sie beschloss, die beiden zu bestechen. »Und zufällig ist da auch ein anderer Patient abgesprungen. Falls Horni es so lange aushält, könnte ich heute Mittag zusätzlich noch bei Rex eine Routineuntersuchung machen.«

Rex war der Plüschdinosaurier von Laura. Die Mienen der Fünfjährigen hellten sich auf.

»Du lernst schnell dazu«, lobte ihr Bruder, der gerade mit Nele aus dem Wohnzimmer kam und sich die Hundeleine schnappte, um mit ihr spazieren zu gehen.

Maike verabschiedete sich von Zoe, lehnte freundlich, aber bestimmt die Einladung zum Frühstück ab und ging noch ein paar Meter mit Mark und der Golden-Retriever-Hündin spazieren, ehe sie sich ins Auto setzte und auf den Weg nach Niederteerbach machte. Selbst an einem Samstagmorgen dauerte die Fahrt von Köln nach Niederteerbach länger als erwartet. Es gab einfach zu viele Baustellen um Köln herum. Vorsichtig schloss Maike die Wohnungstür auf, nun doch etwas besorgt, Crockett und Tubbs könnten ihrem Ärger Ausdruck verliehen haben. Aber die beiden Fellnasen hatten weder etwas zerstört noch einen Haufen hinterlassen. Crockett verlangte nur eine ausgedehnte Streicheleinheit, Tubbs strafte sie jedoch mit Nichtachtung, offensichtlich doch ein wenig beleidigt, dass Maike sie die Nacht über allein gelassen hatte. Erst, als sie die Katze nach einer nicht aufschiebbaren heißen Dusche mit einer Dose Nassfutter lockte, ließ sie sich dazu herab, Frauchen zu verzeihen. Maike seufzte wohlig.

Wann hatte Gabi gesagt, würde Regisseur Dudenhöfer im Rathaus vorbeischauen? Halb elf. Nach einem Blick auf die Uhr beschloss Maike, sich an der Fressoase einen Kaffee zu holen, statt selbst einen zu machen. Mit etwas Glück saßen die Tachmoiner schon dort und vielleicht hatten die irgendwas gehört, was ihr im Fall Jonas Sperling weiterhalf. Sie zog sich die Ohrenklappenmütze über den Kopf und schob den Reißverschluss ihres Parkas nach oben.

Es nieselte, als sie das Haus verließ, aber immerhin war es heute ein paar Grad wärmer als am Vortag. Statt einen Schirm aufzuspannen, zog sich Maike die Kapuze ihres Parkas über den Kopf und legte im Stechschritt die kurze Entfernung zu Harrys Fressoase zurück. Unter dem überdachten Vorplatz saßen tatsächlich bereits Bruno und Gunnar, die Tachmoiner, wie die Niederteerbacher die beiden pensionierten Polizisten liebevoll nannten, die vor einigen Jahren hierhergezogen waren. Als sie Maike sahen, hoben sie die Hände und winkten ihr zu.

»Tach, Maike!«, begrüßte sie der eine.

»Moin, Mädchen«, sagte der andere.

»Guten Morgen, Jungs«, erwiderte sie und schloss damit auch Harry ein, der ihr freundlich zunickte.

»Kaffee?«

»Bitte!«

Als sie unter das Vordach trat, spürte sie, wie ihr die Kapuze vom Kopf gezogen wurde. Überrascht blickte sie sich um und erkannte, dass sie an einer kleinen Stoffpuppe hängen geblieben war, vielleicht dreißig Zentimeter groß und mit etwas Weichem befüllt. Bei der Figur handelte es sich um einen Mann, dessen schwarze Wollfädenhaare nach allen Richtungen abstanden und der eine tannengrüne Strickjacke und eine gehäkelte Hose in der gleichen Farbe trug. Sein aufgemaltes Gesicht lachte ihr frech entgegen.

»Dä Nubbel war's!«, hörte sie Bruno hinter sich, der sich bemühte, Kölsch zu sprechen. Sie drehte sich zu den Tachmoinern um.

Die beiden warfen sich amüsierte Blicke zu und kicherten wie zwei Schuljungen.

»Du hast einen Nubbel an deinem Imbiss?«, fragte Maike ungläubig und trat an das Verkaufsfenster.

»Ist doch Karneval«, antwortete Harry, als hielte er ihre Frage für völlig überflüssig.

Er schenkte ihr den Becher extra voll und Maike nippte genüsslich an ihrem Getränk, ehe sie zahlte und mit dem Kaffee an den Tisch der Tachmoiner trat. »Darf ich mich zu euch setzen?«

Bruno stand auf und zog ihr einen Stuhl vom Nebentisch heran.

»Am Dienstagabend um neun verbrennen wir den Nubbel hier auf dem Platz. Das Feuer wird um 18 Uhr entfacht. Du kommst doch auch, oder?«, fragte Harry und setzte neuen Kaffee auf.

»Um neun?«

»Harry sagt, Mitternacht is' ihm zu spät«, verriet Bruno, der sich ebenfalls wieder gesetzt hatte.

»Den Terz um Mitternacht«, erklärte Harry. »Das können sie in Köln und so machen.«

»Aha.«

»Ist doch eigentlich ganz praktisch, oder?«, sagte Gunnar zu Maike. »So eine Stoffpuppe, der du alles in die Schuhe schieben kannst, was an Karneval passiert.«

»Ein Sündenbock, der auf dem Scheiterhaufen verbrannt wird?« Maike stellte ihr Getränk ab und verschränkte die Arme. »Klar. Total praktisch. Hat während der Inquisition ja auch schon wunderbar funktioniert.«

Die drei Männer schauten sie überrascht an.

»Wo hast du denn deinen Humor gelassen, Mädchen?«, fragte Bruno.

»Sorry. Ihr habt recht. Der ist wohl noch nicht ganz wach.«

»Und was treibt dich an einem Samstag so früh aus der Wohnung?«, wollte Gunnar wissen. »Dein aktueller Fall?«

Maike nickte. »No Rest for the Wicked.«

»Was?«

»Ach nichts.«

»Ist das der Titel des Pornofilmchens, den sie im Sportstudio drehen?«

»Das wisst ihr also auch schon.« Maike war nicht wirklich überrascht.

Manchmal glaubte sie, in diesem Ort ging nichts vor sich, ohne dass die beiden davon erfuhren. Schade, dass die Tachmoiner erst nach ihrer Pensionierung nach Niederteerbach gezogen waren. Dann würden Zoe und sie bei Billies Fall vielleicht nicht so im Dunkeln stochern.

»Ich hab da auch mal in so einem Fall ermittelt« Gunnar griff nach dem Zuckerstreuer und schüttete sich eine Ladung in seinen Kaffee, obwohl der bereits halb leer getrunken war. »Hieß damals allerdings noch *Männerfilm*.«

Maike sah, dass Bruno überrascht die Augenbraue hob. »Davon hast du mir nie was erzählt.«

»Tja.« Gunnar zwinkerte seinem Partner verschmitzt zu. »Ein paar Geheimnisse gibt es in jeder Beziehung.«

»Und war das damals ein *reiner* Männerfilm?«, fragte Bruno.

In Seelenruhe verrührte Gunnar mit dem Löffel den Zucker im Kaffee. »War ganz schön aufregend, seinerzeit. Der Kameramann wurde mit einem Entermesser erstochen.«

Maike verschluckte sich fast. »Einem was?«

»Einem Entermesser. War eine der Requisiten.«

»In einem ... *Männerfilm?*«, fragte Maike.

Gunnar nickte. »Ja. *Störtebeker und seine stoßfeste Crew.* Da ging's um Piraten. Also eigentlich ging's um was anderes, ihr wisst schon, aber die waren halt angezogen wie Piraten. Also, in den paar Szenen, in denen sie was anhatten.«

»Und wer hat den Kameramann umgebracht? Der Kostümbildner?«

Gunnar schüttelte den Kopf. »Gar niemand von der Crew, sondern ein eifersüchtiger Liebhaber. Einer der Darsteller hatte was mit dem Kameramann, und das schmeckte seinem Geliebten gar nicht. War schnell gelöst der Fall, auch wenn wir damals noch nicht auf die Technik zurückgreifen konnten, die euch inzwischen zur Verfügung steht.«

Maike blickte hinüber zur Rathausuhr. Zehn nach zehn. »Ich muss heute Nachmittag rechtzeitig in Köln sein, um auf meine Nichten aufzupassen«, ließ sie die Tachmoiner wissen und fügte mit einem Grinsen hinzu: »Habt ihr irgendwelche Tipps, wie ich meinen Fall rechtzeitig vorher lösen kann?«

»Also war es Mord?«, fragte Gunnar, plötzlich ganz ernst.

»*Das* wisst ihr also noch nicht«, antwortete Maike. Wie auch, dachte sie bei sich. Abschließend war das ja auch noch immer nicht geklärt.

Bruno faltete die Hände und legte sie vor sich auf dem Tisch ab. »Der Gunnar hat schon recht. Die Technik, die hat sich geändert. Und die Pornofilmindustrie auch. Aber etwas ist nach all der Zeit trotzdem gleichgeblieben.« Er beugte sich über den Tisch so weit zu ihr, dass seine Krawatte fast in seinem Kaffee landete. Gunnar griff schnell nach vorn und zog die Tasse zu sich. Bruno achtete gar nicht auf ihn. »Die Menschen«, sagte er, »Die Menschen haben sich nicht geändert. Sie handeln immer noch aus den gleichen Motiven. Und wenn du ihnen oft genug die richtigen Fragen stellst, kommst du ihnen meist auf die Schliche.«

Maike nickte. »Seh ich auch so. Deshalb muss ich heute auch noch mal ins Büro. Ein paar Zeugen befragen.«

»Dann pass auf, dass dir die Frau Bürgermeister nicht in die Quere kommt«, riet Gunnar ihr und deutete hinüber zum Rathaus.

»Die Graefe? Ist die heute etwa da?«

Bruno nickte salbungsvoll. »Ist vor einer halben Stunde gekommen. Hat den Alois Speckle reinzitiert.«

»Reingebeten, meinst du wohl«, korrigierte ihn Gunnar.

»Den Speckle?«, fragte Maike. »Warum das denn?«

»Der ist Vorsitzender vom Niederteerbacher Karnevalsverein.« Gunnar richtete seine Krawatte. »Irgendjemand hat der Frau Bürgermeisterin gesteckt, dass sie ganz prominent auf einem der Rosenmontagswagen zu sehen ist. Als *Streithenne*.«

»Was?« Maike musste sich ein Lachen verkneifen.

»Ja. Sie und der Wilhelm Herzog, der Bürgermeister von Oberteerbach: *Die Streithenne und ihr Streithahn* – so lautet das Motto des Wagens. Hat die arme Frau Graefe erst gestern herausgefunden.« Gunnar klang nicht so, als täte ihm die Bürgermeisterin tatsächlich leid.

»Und das hat ihr natürlich gar nicht gefallen«, ergänzte Bruno.

Maike erinnerte sich an ihre Begegnung mit der Bürgermeisterin gestern im Treppenhaus. Diese Laus war der Graefe also über die Leber gelaufen.

»Dann mach ich mich mal besser rüber ins Rathaus.« Sie griff nach ihrem Kaffee und stand auf. »Danke, Jungs. Immer schön, mit euch zu plaudern.«

»Wenn du Hilfe brauchst ...«, bot Bruno großzügig an.

Maike grinste. »Weiß ich ja, wo ich euch finde. Tschüss, Harry.«

»Nicht vergessen«, erwiderte der. »Dienstagabend um neun!«

»Falls ich's nicht schaff, weißt du ja, wer es schuld ist.«

Er schmiss sich das Geschirrtuch über die Schulter und deutete zu der kleinen Stoffpuppe am Vordach. »Dä Nubbel!«, antwortete er.

Zehn Minuten später saß Maike am Schreibtisch und löschte Fotos von ihrem Handy, die sie nicht mehr brauchte, als sie hörte, wie am Ende des Flurs die Tür geöffnet wurde und jemand die Wache betrat.

»Und das ist unser Bürgeramt«, dozierte eindeutig Sabine Graefe. »Und hier das Standesamt. Und gleich dort hinten ist das Büro von unserer Kriminal*haupt*kommissarin, Frau Pech.«

Schritte näherten sich.

»Wirklich ... platzsparend«, ertönte eine Männerstimme.

»Nicht wahr? ›*Ökonomisch und ergonomisch*‹, sage ich immer. « Sie lachte kurz auf. »Hier in Niederteerbach wird kein einziger Euro der Steuerzahler verschwendet. Dafür stehe ich!«

Maike stand auf, ging zur Tür und lugte um die Ecke.

Die Bürgermeisterin kam in Begleitung eines hochgewachsenen Fremden den Gang entlang. Er trug eine wie ein Jackett geschnittene Jacke aus dunklem Leder, darunter ein weißes Hemd, dessen oberste Knöpfe offen standen, und eine Frisur Marke David Garrett, nur dass seine Haare deutlich dunkler waren. Der Fremde hatte stark solariengebräunte Haut und eine Sonnenbrille mit verspiegelten Gläsern – und allein deshalb ahnte Maike, wen sie da vor sich hatte.

»Herr Dudenhöfer«, vermutete sie und streckte die Hand aus.

Der Mann ergriff sie und begrüßte sie mit starkem Händedruck. »Frau Pech?«

»Richtig. Danke, dass Sie gekommen sind.«

»Klar«, sagte er und wandte sich Sabine Graefe zu. »Danke fürs Herbringen.«

»Aber natürlich«, flötete die Bürgermeisterin, schenkte ihm ein freundliches Lächeln – und machte keinerlei Anstalten, zu gehen.

»Ja, danke, Frau Graefe«, warf Maike deshalb ein.

Die Bürgermeisterin faltete die Hände und blieb im Gang stehen.

Innerlich verdrehte Maike die Augen. »Ich bin leider ein bisschen unter Zeitdruck. Wir würden also gern anfangen.«

Sabine Graefe nickte verständnisvoll. »Lassen Sie sich von mir nicht aufhalten.«

Maike schluckte herunter, was sie eigentlich sagen wollte, und bat den Regisseur in ihr Büro.

»Möchte einer von Ihnen ein Glas Wasser?«, erkundigte sich die Bürgermeisterin, als Maike bereits die

Tür schließen wollte. Das durfte doch wohl nicht wahr sein!

»Nein, vielen Dank«, versicherte sie.

Auch Dudenhöfer lehnte ab.

»Denken Sie daran«, ließ die Graefe ihn wissen. »Wenn wir Ihnen irgendwie weiterhelfen können, rufen Sie mich jederzeit an. Niederteerbach hat einige wunderschöne Fleckchen, die sich hervorragend als Filmkulissen eignen. Da kann Oberteerbach nicht mithalten.« Sie zwinkerte ihm verschwörerisch zu, und wich endlich zurück.

Mit einem befriedigenden Klicken schnappte das Schloss der Bürotür ein.

»Weiß Sie, was für Filme Sie drehen?«, fragte Maike, als sie sich auf ihrem Bürostuhl niederließ.

Herr Dudenhöfer nahm auf dem Besucherstuhl auf der anderen Seite des Schreibtisches Platz. Er zuckte mit den Schultern und nahm seine Sonnenbrille ab. »Zumindest hat sie mir ihren Gartenpavillon für Dreharbeiten angeboten.«

»Der ist wirklich außerordentlich schön, hört man«, bemerkte sie und räusperte sich. »Haben Sie gut hergefunden?«

Dudenhöfer nickte. »Wir sind mit dem Auto gekommen. War mit dem Navi ganz einfach.«

Maike spitzte die Ohren. »Wir?«

»Giovanna, Kai und ich. Sie wollen Giovanna doch auch noch mal sprechen, richtig?«

»In der Tat. Sitzt sie jetzt draußen?«

Dudenhöfer schüttelte den Kopf. »Dreht eine Runde durch Ihr Dörfchen. Schaut, ob sie hier irgendwo einen Matcha-Soja-Latte bekommt.«

»Das wird schwierig«, murmelte Maike, holte aus ihrem Rollcontainer einen karierten Block und griff nach einem Stift.

»Sie waren gestern in Berlin?«, begann sie.

»Das habe ich Ihrer Kollegin doch schon erzählt.« Sascha Dudenhöfer legte seinen rechten Unterschenkel auf das linke Bein. Sie wunderte sich, wie lässig man auf ihrem Besucherstuhl sitzen konnte.

»Natürlich«, erwiderte Maike unverbindlich. Also direkt zur Sache. »Was können Sie mir über Jonas Sperling erzählen?«

Dudenhöfer wirkte plötzlich verstimmt. »Nicht viel, fürchte ich. Kannte ihn nicht sonderlich gut.«

»Haben Sie nicht schon öfter mit ihm gedreht?«

»Ein paarmal«, räumte der Regisseur ein. »Öfter jedenfalls, als mir lieb ist.«

Maike legte den Kugelschreiber beiseite. »Sie mochten ihn wohl nicht besonders?« Jedenfalls hatte Katrin Körner das behauptet.

»Über Tote soll man nicht schlecht sprechen.«

»Er hört es ja nicht mehr.«

Dudenhöfer stand auf, ging bis an die Kante ihres Schreibtisches und zog seinen Stuhl hinter sich her. Dann setzte er sich wieder und lehnte sich so weit in ihre Richtung, dass ihr der penetrante Moschusgeruch seines Rasierwassers in die Nase stieg. Möglichst unauffällig wich sie ein Stückchen zurück.

»Ich will ganz ehrlich zu Ihnen sein«, begann er.

»Ich bitte darum«, sagte Maike.

»Ich weiß nicht, wie Jonas privat war. Man hört so allerlei. Hab ich gern mit ihm gedreht? Nein. Bei der Arbeit war er nämlich ein Arschloch. Verdammt gut darin, sich selbst zu inszenieren, großartig vor der Kamera. Aber weder pünktlich noch zuverlässig. Und den Rest der Crew hat er behandelt, als seien sie seine Untergebenen, nicht seine Kollegen.«

»Warum haben Sie dann überhaupt mit ihm gedreht?«

»Weil sich die Filme mit ihm verkaufen. Extrem gut sogar. Und das wusste Jonas. Hat sich manchmal aufgeführt, als käme er direkt aus Hollywood. Wenn mein Auftraggeber nicht darauf bestanden hätte, ihn im Film zu besetzen, hätte ich ihn schon längst rausgeschmissen.« Er machte eine Pause und schaute ihr direkt in die Augen. »Aber das heißt nicht, dass ich ihm den Tod gewünscht hätte, okay?«

»Das hat auch niemand behauptet.«

»Gut. War's das dann? Wir sind ein bisschen hinter unserem Zeitplan, wie Sie sich sicher denken können.«

Maike wollte gerade etwas erwidern, als sie spürte, wie ihr Smartphone in der Hosentasche vibrierte. Sie ignorierte es und griff erneut nach Block und Stift. »Gleich. Ihre Crew hat ausgesagt, dass sie vorgestern nach dem Dreh im *Fit with Fun* gemeinsam nach Oberteerbach zurückgefahren sind. Also alle bis auf Jonas.«

Ihr Gegenüber nickte.

»Haben Sie mitbekommen, ob es irgendwelche Zwistigkeiten gab?«

»Sie glauben also tatsächlich, dass bei Jonas jemand ... nachgeholfen hat?«

»Ich versuche nur, mir einen Überblick über die Gesamtsituation zu verschaffen.«

»Also, falls dem so ist«, sagte Dudenhöfer im Brustton der Überzeugung, »kann es von uns niemand gewesen sein. Wir waren alle zusammen im Bauernhaus.«

»Alle?«

»Ja.«

»Und in der Nacht kann niemand mehr nach Niederteerbach zurückgefahren sein?«

Dudenhöfer seufzte. »Mit Sicherheit kann ich Ihnen das natürlich nicht sagen.«

»Es heißt, zwischen Herrn Sperling und Frau Ricci hat es in den vergangenen Tagen ... gewisse Spannungen gegeben.«

Der Regisseur schnalzte mit der Zunge. »Wer erzählt so einen Scheiß?«

»Dann stimmt es also nicht?«

Dudenhöfer verschränkte die Arme. »Giovanna ist wirklich schwer in Ordnung, Frau Pech. Ehrlich. Jonas hat es ihr nicht unbedingt leicht gemacht. War 'ne Scheiß Idee, die beiden in der gleichen Produktion zu besetzen.«

»Hmmm«, brummte Maike unverbindlich.

»Jedenfalls ist sie ein ganz anständiges Mädchen. Bisschen impulsiv vielleicht. Aber sicher nicht zu einem Mord fähig. Hat Medizin studiert, wussten Sie das?«

»Nein, wusste ich nicht.« Sie tat so, als würde sie sich eine Notiz machen.

»Ja.« Dudenhöfer klang, als sei er ganz stolz auf Giovanna. »Hat aber das Studium nicht beendet. Wär ja auch eine Schande gewesen. Ich meine, stellen Sie sich das mal vor: eine solche Schönheit unter Kittel und OP-Maske zu verstecken. Das wäre doch Verschwendung gewesen.«

Maike nickte verständnisvoll. »Stimmt. Wer braucht schon Ärztinnen und Pfleger?«

Dudenhöfer zwinkerte ihr zu. Dann wurde er plötzlich ernst. »Könnte ich doch ein Glas Wasser bekommen?«

»Alles in Ordnung?«

»Ja, ja.« Er kramte ein Päckchen Tabletten aus seiner Hosentasche und legte es vor sich auf den Schreibtisch. »Nichts Wildes. Hab nur vergessen, meine Medikamente zu nehmen, und bei dem Gerede über Ärzte und Pfleger ...«

Maike stand auf, um ihm etwas Wasser zu holen. Unterwegs warf sie einen Blick auf ihr Smartphone. Martin hatte versucht, sie anzurufen. Gut, das musste jetzt noch einen Moment warten.

»Sie sind mit dem Zug nach Berlin gefahren?«, fragte Maike Sascha Dudenhöfer, nachdem dieser seine Medikamente genommen hatte.

Er nickte.

»Wie sind Sie zum Bahnhof gekommen, ich nehme an, zum Kölner Hauptbahnhof? Taxi?«

Der Regisseur schüttelte den Kopf. »Nein, Kai hat mich gebracht. Einer der Darsteller, Kai Bilinsky. Sie haben ihn gestern kennengelernt.«

Maike erinnerte sich: der durchtrainierte Hüne, der Lukas und ihr das Wasser eingeschenkt hatte. »Der ist doch auch mit Ihnen hierhergekommen, oder?«

Sascha Dudenhöfer nickte.

Sehr gut. »Würden Sie ihm bitte sagen, dass ich mich nach meinem Gespräch mit Frau Ricci auch noch einmal kurz mit ihm unterhalten möchte?«

Kapitel 12

Die Pünktlichste war Giovanna Ricci offenbar nicht. Es war zwar erst kurz vor elf, als Maike sich von Sascha Dudenhöfer verabschiedete, aber von ihrer nächsten Besucherin war weit und breit nichts zu sehen. *Die hat Nerven, zu einem Termin bei der Polizei zu spät zu kommen,* ging es Maike durch den Kopf, während sie in den Nebenraum ging, und das Fenster öffnete, um die Zimmer kurz durchzulüften. Dank der nachträglich eingezogenen Rigipswand konnte sie das von ihrem Büro aus ja leider nicht machen, da sich der Fenstergriff auf der anderen Seite der Wand befand.

Dass Giovanna Ricci auf sich warten ließ, war allerdings für den Moment gar nicht schlecht, denn das gab Maike die Gelegenheit, Martin in Berlin zurückzurufen.

»Ach, Frau Pech, da sind Sie ja«, meldete er sich gut gelaunt nach dem zweiten Klingeln.

»Guten Morgen, Herr Kollege. Bitte entschuldigen Sie, dass ich Ihren Anruf nicht entgegennehmen konnte. Ich war im Dienst.«

»Ich auch. Und zwar für dich.«

Hoffnung blitzte in ihr auf. »Du hast den Durchsuchungsbeschluss für Sperlings Wohnung?«

»Ich bin sogar schon drin.«

»Toll! Und?«

»Is' 'n Loft. Hohe Decken. Riesenraum. Ziemlich schick.«

»Aha.«

»Hatte einen ganz guten Geschmack, dein Toter, finde ich. 'ne große Couchlandschaft im vorderen Bereich, riesiger Flachbildfernseher. So ein moderner mit gebogener Oberfläche, du weißt schon. Sauteure Boxen. Und ein Kunstdruck an den Wänden, der ziemlich modern aussieht. Der stellt entweder ein abstraktes Blütenmeer dar oder ein paar kopulierende Pferde, so genau kann ich das nicht deuten.« Sie hörte, wie er in der Wohnung herumlief. »Also eins kann ich dir sagen. Der Kerl scheint ziemlich gut zu verdienen. Und er ist sexbesessen.«

Maike hob eine Augenbraue. »Hast du seine Pornosammlung unterm Bett entdeckt?«

»Dazu musste ich nicht mal unter das Bett schauen.«

»Ach?«

»Zum einen hängen am Kühlschrank die wildesten Bilder. Zum anderen habe ich da was direkt auf dem Couchtisch entdeckt, das ... Warte, ich schick dir mal ein Foto.«

Maike nahm das Smartphone vom Ohr, schaltete den Lautsprecher an und wartete, bis eine Push-Nachricht anzeigte, dass Martin ihr ein Bild geschickt hatte.

»Was ist das?«, fragte sie, während sie die drei goldenen Gegenstände betrachtete, die in einem mit schwarzem Samt ausgekleideten Kästchen lagen: zwei Teile sahen aus wie Manschettenknöpfe, das dritte, deutlich größere, wie ein ... nun, wie ein Vibrator.

»Ist das ...?«

»Ein *G-Punkt-Stimulator*. Steht auf der Verpackung.«

»Aus Gold?!« Ihre Stimme überschlug sich.

»Aus Edelstahl«, korrigierte Martin. »Allerdings tatsächlich vergoldet.«

»Und was sollen die Manschettenknöpfe?«

»Keine Ahnung. Soll ich das für dich herausfinden?«

Maike verdrehte die Augen, musste aber gleichzeitig grinsen. »Vielleicht ein anderes Mal. Jetzt zum Wesentlichen. Hast du noch irgendwas über Jonas Sperling rausgefunden?«

Sie schaltete den Lautsprecher wieder ab und hielt sich das Handy ans Ohr.

»Ja«, antwortete Martin. »Scheint Veganer zu sein.«

»Wusste ich doch, dass mit ihm was nicht stimmt. Aber im Ernst, Martin, in ein paar Minuten kommt meine nächste Zeugin. Irgendwas, das mir weiterhelfen könnte? In beruflicher Hinsicht.«

»Zwei Sachen waren auffällig.« Martin klang nun deutlich ernster und Maike hielt gespannt die Luft an. »Er scheint Asthmatiker zu sein. Jedenfalls hat er ein Asthma-Spray neben dem Bett liegen.«

»Das ist schon mal interessant. Und das zweite?«

»Er hat Post bekommen. Expresslieferung aus Köln. Steckte in seinem Briefkasten.«

»Was ist drin?«

»Ein unbenutzter Vaterschaftstest, den man Zuhause durchführt.«

Maike hörte Schritte auf dem Flur und beendete das Gespräch mit Martin. Giovanna Ricci hatte sich über zehn Minuten verspätet. Maike brannte darauf, sie nach dem Telefonat mit Martin mit der Expresssendung zu konfrontieren, die in Jonas Sperlings Briefkasten gesteckt hatte.

Der Vaterschaftstest war interessant, vor allem im Hinblick auf Zoes Entdeckung, dass der Tote sich die Samenleiter hatte durchtrennen lassen. Kinder wollte er also offensichtlich keine mehr. Aber wie sah das bei Giovanna Ricci aus? War sie vielleicht schon Mutter?

Das Testkit, das ihr Lebensgefährte bestellt hatte, enthielt einen Selbsttest, den man zur Untersuchung in ein Labor schicken musste. Genutzt hatte er ihn noch nicht. Laut Datum des Poststempels war das Päckchen am Mittwoch verschickt worden. Da waren Sperling und die Filmcrew schon hier gewesen. Dass er den Test per Express nach Berlin hatte schicken lassen, war deshalb seltsam.

»Sie wollten mich noch einmal sprechen?«, fragte Giovanna, als sie sich auf dem Stuhl Maike gegenüber niederließ. Einen Matcha-Soja-Latte hatte sie jedenfalls nicht mitgebracht.

»Wie geht es Ihnen denn?«, fragte Maike.

»Was glauben Sie?«

Maike räusperte sich. »Es tut mir leid, dass ich Sie in Ihrer Trauer stören muss. Hatten Sie noch einmal Gelegenheit, darüber nachzudenken, ob jemand Ihrem Lebensgefährten schaden wollte?«

»Ihm schaden?« Giovanna Ricci blickte sie ungläubig an.

»Ich denke, Sie wissen, worauf ich hinauswill.«

»Ja, Sie wollen wissen, ob ich einen Verdacht habe, wer Jonas ermordet hat.«

»Und haben Sie den?«

Giovanna schluckte und fuhr sich mit den Fingern durch das lange dunkle Haar. »*Ich könnte dich umbringen.* Das ist so schnell gesagt. Aber das meint man doch nicht ernst. Niemand!«

Maike bemühte sich, ihre Stimme etwas sanfter klingen zu lassen. »Haben Sie das zu Jonas gesagt? Dass Sie ihn umbringen könnten?«

Giovanna konnte ihr nicht in die Augen sehen. »Ich hab das doch nicht ernst gemeint. Was man halt so sagt, wenn man miteinander streitet. Wenn ich gewusst hätte, dass das das Letzte ist, was ich ...« Sie war schon wieder den Tränen nah.

»Sie haben sich also gestritten? An dem Abend?«

Giovanna nickte.

»Wegen der Frau im Fitnessstudio?«

Wieder nickte Giovanna, sprach aber nicht weiter.

»Hat sich sonst noch jemand mit ihm gestritten? Herr Dudenhöfer, also der Regisseur, vielleicht?«

»Sascha?« Giovanna schaute auf. »Ja, na ja. Die beiden konnten sich nicht sonderlich gut leiden.«

Maike tat so, als würde sie sich etwas auf ihrem Block notieren. »Wegen Ihnen?«

»Wegen mir? Nein. Na ja, vielleicht am Anfang. Aber da ging es schon um mehr. Sascha wollte eigentlich gar nicht mit Jonas zusammenarbeiten. Und Jonas ... ist halt Jonas. Also natürlich war. Ist zweimal zu spät zu den Dreharbeiten gekommen an dem Tag, und hat ziemlich die Diva raushängen lassen. Daraufhin hat Sascha ihm gedroht, ihn in der Szene mit Lanita zu ersetzen. Das ist meine Kollegin.«

»Sie meinen Svenja Ehrenwirth? Habe ich gestern kurz kennengelernt. Nette junge Frau.«

Giovanna lächelte zustimmend.

»War das nicht seltsam für Sie?« Maike konnte sich die Frage nicht verkneifen. »So als Paar zusammen zu drehen?«

»Nein, wieso?« Giovanna klang ganz verwundert. »Das war sogar ganz schön. So haben wir mehr Zeit miteinander verbracht. Und Jonas konnte auf mich aufpassen.«

»Aufpassen?«

»Na, dass mir keiner der anderen Darsteller zu nahe kommt.«

»Hmhm«, murmelte Maike, obwohl sie Giovannas Logik nicht ganz folgen konnte. »Darsteller wie Herr Bilinsky zum Beispiel?«

»Sie meinen Kai?« Giovanna lachte bitter. »Sicher nicht. Nicht mit der Kneifzange würde ich den anfassen. Oder er mich.«

»Dann haben Sie keine Szenen zusammen?«

»Das war meine Bedingung für die Zusage bei dieser Produktion. Keine Sexszenen mit diesem selbstverliebten Arschloch. Der will sich ständig in den Vordergrund spielen und nimmt einfach keine Rücksicht. Will immer die erste Geige spielen.«

»Also zwei Alphatiere, Kai Bilinsky und Jonas Sperling. Wie kamen die beiden denn miteinander zurecht?«

Giovanna verschränkte die Arme. »Das können Sie sich ja denken. Gemocht haben sie sich jedenfalls nicht. Jeder wollte die Nummer eins sein, und Kai hat es nicht gepasst, dass Jonas ihm den Rang abgelaufen hat.«

»Verstehe.« Wieder kritzelte Maike etwas auf ihren Notizblock.

»Das heißt aber nicht, dass ich glaube, Kai hätte Jonas was angetan, verstanden?«, betonte Giovanna. »Der Kai ist ein Arschloch. Aber er ist auch ein Schlappschwanz. Der hätte Jonas niemals ...« Ihre Stimme wurde dünn.

»Ihr Lebensgefährte war Asthmatiker?«

Maike erntete einen überraschten Blick. »Das ... Woher wissen Sie das?«

»Von meinen Kollegen aus Berlin. Die haben sich in Herrn Sperlings Wohnung umgesehen.«

»Umgesehen?«

»Alles im üblichen Rahmen der Ermittlungen, Frau Ricci. Die Kollegen haben ein Asthma-Spray entdeckt. Gehörte das Jonas?«

Giovanna nickte. »Das wussten nicht viele, weil Jonas das nicht wollte. Und er war ja auch gut eingestellt und hatte schon ewig keine größeren Probleme mehr deswegen.«

Maike beschloss, dass es an der Zeit war, dem Gespräch eine andere Richtung zu geben. »Hatte Herr Sperling eigentlich Kinder?«

»Was?! Nein!«

»Und Sie?«

»Herrje, nein! Ich bin erst 35!«

»Ach so«, erwiderte Maike. »Na klar.«

»Jonas und ich wollen keine Kinder. Beide nicht. Er hat sich sogar einer Vasektomie unterzogen, Mitte letzten Jahres.«

»Ich dachte nur, weil ...« Maike legte den Kugelschreiber beiseite und überlegte, wie sie den Vaterschaftstest möglichst effektiv ins Spiel bringen konnte, als Giovanna fortfuhr:

»Was? Haben Sie gedacht, er hat sich die Samenleiter durchschneiden lassen wegen seines Berufs?« Sie schüttelte missbilligend den Kopf. »Das hatte damit gar nix zu tun. Ich weiß, dass das nicht bei allen Produktionen gleich ist, aber *wir* schützen uns bei den Dreharbeiten mit Kondomen. Da gibt es noch ganz andere unangenehme Dinge als schwanger zu –«

»Das kann ich mir vorstellen, Frau Ricci. Darum habe ich das auch gar nicht gefragt.«

»Sondern?«

»Wenn Herr Sperling keine Kinder hatte, warum wollte er dann einen Vaterschaftstest durchführen lassen?«

Giovanna blickte sie an, als habe sie nicht recht verstanden. »Bitte?«

»Einen Vaterschaftstest«, wiederholte Maike. »Die kann man inzwischen sogar online bestellen.«

»Nein.« Giovanna schüttelte den Kopf. »Davon hätte ich gewusst.«

»Doch, kann man. Die Kollegen von der Berliner Kripo haben herausgefunden, dass er sich einen nach Hause hat schicken lassen.«

»Nein!«, wiederholte Giovanna, diesmal vehementer.

»Frau Ricci ...«

Diesmal unterbrach ihre Zeugin *sie*. »Hören Sie schlecht?! Davon hätte ich gewusst! Jonas hat keine Kinder!!« Sie stand so schnell auf, dass der Stuhl klappernd umkippte. »Das ist doch Blödsinn! Jonas und Kinder. Schon der Gedanke ist absurd! Das ist ein Trick, oder?«

Auch Maike stand auf. »Setzen Sie sich bitte wieder.«

Stattdessen griff Giovanna Ricci nach der Handtasche, die sie auf dem Boden abgestellt hatte. »Sind wir etwa noch nicht fertig?«, fragte sie kühl.

Maike überlegte kurz. Das, was sie von Giovanna Ricci hatte erfahren wollen, hatte die ihr inzwischen verraten. Sie antwortete deshalb knapp: »Für heute.«

»Gut.«

Ehe Maike es über sich bringen konnte, der Frau für ihre *Kooperation* zu danken, rauschte diese aus dem Raum. An der Tür drehte sie sich noch einmal um. »Wissen Sie was? Vermutlich hat er den Test für einen Freund besorgt. Oder für seine Schwester! Genau! Die lebt nämlich auch in Berlin, wissen Sie?«

Maike faltete friedlich die Hände. »Das wird es sein. Vaterschaftstests kaufen Brüder ständig für ihre *Schwestern*.«

Giovanna funkelte sie an und schien noch einen Moment zu überlegen, ob sie etwas darauf erwidern sollte, drehte sich dann aber um und stöckelte auf ihren Pumps den Gang hinab.

Maike trat in den Durchgang. »Schicken Sie bitte Herrn Bilinsky zu mir?«, rief sie der Frau hinterher.

An der Glastür am Ende des Flurs blieb Giovanna stehen und schenkte Maike ein wunderbar falsches Lächeln. »Aber selbstverständlich, Frau Oberhauptkommissar.«

»So schnell sieht man sich wieder«, begrüßte Kai Bilinsky sie wenige Minuten später und streckte ihr über den Schreibtisch hinweg die Hand entgegen.

Maike schüttelte sie nur kurz. »So reagieren ehrlich gesagt die wenigsten, wenn ich sie aufs Revier einlade.«

Der blonde Hüne knipste ein strahlendes Lächeln an und zog seine schwarze Lederjacke aus. Darunter trug er ein kurzärmliges T-Shirt mit V-Ausschnitt.

Maike traute ihren Augen nicht. Sie selbst war kurz davor, im Büro ihren Parka wieder anzuziehen. »So heiß?«

»Danke!«

»Das war ein Fragesatz. Ich meinte: Ihnen ist wohl heiß?«

Bilinsky zwinkerte ihr zu, als habe sie in ihre Worte eine geheime Botschaft gelegt und er hätte sie verstanden. »Darf ich mich setzen, Frau Kriminalkommissar?«

Sie deutete auf den Stuhl. Mussten heute denn alle ihren Titel durcheinanderbringen? »Bitte. Und ich bin Kriminal*haupt*kommissarin.«

»Heiß«, erwiderte Kai Bilinsky und zwinkerte ihr schon wieder zu. »Sie können gern Kai zu mir sagen.«

»Und Sie können gern Frau Hauptkommissar zu mir sagen.«

Er lachte kurz.

»Also, für einen Verdächtigen verhalten Sie sich ganz schön unbeschwert.«

»Was?« Kai Bilinsky schien ehrlich überrascht. »Sie halten mich für verdächtig?«

Maike nickte ernst. »Momentan ist das jeder.«

»Sie glauben also tatsächlich, Jonas ist ermordet worden?«

»Einiges deutet darauf hin.«

»Aber nicht alles.«

Jetzt war es Maike, die sich im Stuhl zurücklehnte und sich die Zeit nahm, ihr Gegenüber zu mustern. »Wollen Sie mich ärgern, Herr Bilinsky?«

Er runzelte die Stirn. »Nein. Entschuldigen Sie.«

»Gut. Herr Dudenhöfer hat ausgesagt, Sie haben ihn zum Bahnhof gebracht, am Freitagmorgen.«

Endlich konterte Bilinsky nicht mit einem schrägen Spruch, sondern nickte nur. Das gefiel ihr schon besser.

»Um wieviel Uhr war das?«, wollte sie wissen.

»So kurz nach vier.«

»Das nenne ich früh.«

Kai kratzte sich unter dem Ohr. »Super-Sparpreis. Und Herr Dudenhöfer, also der Sascha hatte in Berlin um 10 Uhr schon den ersten Termin.«

»Warum ist er nicht mit dem Auto gefahren?«

»Die meisten von uns haben keins dabei. Der Andi, unser Kameramann, hat mir seins geliehen.«

»Okay. Und Sie sind danach direkt wieder zurück nach Oberteerbach gefahren?«

»Ja. Wir haben bis nachts um eins gedreht. Ich hatte nur ein paar Stunden geschlafen und wollte so schnell wie möglich wieder ins Bett.«

»Dafür sahen Sie gestern Morgen recht frisch aus.« Schon als sie die Worte aussprach, merkte sie, dass sie ein Fehler waren.

Bilinsky strahlte sie an. »Danke.«

Sie ging nicht darauf ein. »Inzwischen haben Sie sicher gehört, dass wir in alle Richtungen ermitteln. Wissen Sie irgendetwas, das uns weiterhelfen könnte?«

Bedauernd zuckte er mit den Schultern. »Was denn zum Beispiel?«

»Na, hat sich Herr Sperling in den vergangen Tagen merkwürdig verhalten? Hat er sich mit jemandem gestritten? Mit Herrn Dudenhöfer zum Beispiel. Oder mit Giovanna?«

»Giovanna und Jonas haben sich ständig gestritten.«

Maike musste sich beherrschen, um nicht mit den Zähnen zu knirschen. Wollte der Typ sie für dumm verkaufen? »Ist Ihnen irgendetwas Ungewöhnliches an ihm aufgefallen?«

»An Jonas?« Er überlegte. »Ein bisschen komisch war er schon drauf in den letzten Tagen.«

»Wie meinen Sie das?«

»Na ja, zum Beispiel im Fitnessstudio. Hat ständig Leute angequatscht. Zum Beispiel diese Mitarbeiterin.«

Maike tat so, als müsse sie einen Blick auf ihre Notizen werfen. »Frau Körner?«

»Keine Ahnung, wie die heißt«, antwortete ihr Zeuge.

»Der Dame, der er einen Kaffee ausgegeben hat.«

»Hat er?« Kai schüttelte den Kopf. »Überrascht mich nicht. Ich meine, eigentlich überrascht es mich total. Die Lady war überhaupt nicht Jonas' Typ. Und trotzdem war er regelrecht besessen von ihr. Hat sie bestimmt 'ne halbe Stunde lang beobachtet, ehe er sie angesprochen hat. Aber nicht so flirtmäßig, sondern eher, ich weiß nicht, wie ein Stalker. Sogar mit ihrer Tochter hat er gesprochen.«

Die Härchen auf Maikes Unterarmen richteten sich auf. »Mit ihrer Tochter?«

Er nickte. »Zumindest nehme ich an, dass es die Tochter war. Kam mit ihrem Schulranzen vorbei und ist später mit dieser Frau gemeinsam abgezogen.«

In ihrem Kopf begann es zu arbeiten. Jonas Sperling hatte sich mit Katrin Körners Tochter unterhalten. Weshalb hatte die nichts von dieser Begegnung erzählt?

»Alles in Ordnung?«, drang die Stimme ihres Zeugen zu ihr durch.

Maike richtete sich im Stuhl auf. »Ja. Natürlich. Danke, dass Sie gekommen sind, Herr Bilinsky. Ich denke, wir sind hier fertig.«

Kapitel 13

Statt nach den Gesprächen mit der Filmcrew direkt zu Katrin Körner zu fahren, um sie zur Rede zu stellen, hatte Maike beschlossen, erst zurück in ihre Wohnung zu gehen und später auf ihrem Weg nach Köln bei ihr vorbeizuschauen.

Das stellte sich nun als Fehler heraus, denn um halb vier war offensichtlich keiner zu Hause. Maike klingelte vergeblich. Und unter der Nummer, die Frau Körner ihr gegeben hatte, erreichte sie auch niemanden. Sie sprach auf die Mailbox.

»Möchtest du etwas aus meinem Honigtöpfchen?«, piepste eine Stimme hinter ihrem Rücken. Als sie sich umdrehte, stand dort ein kleines Mädchen im schwarz-gelb-gestreiften Karnevalskostüm.

»Na hallo!« Maike konnte sich eines Grinsens nicht erwehren. »Du bist aber eine tolle Biene.«

Die Kleine strahlte sie an und streckte ihr einen silbergrauen Blecheimer entgegen, der vor Süßigkeiten nur so überquoll.

»Sind das dort etwa Marzipanfrüchte?«

Das Bienenmädchen nickte feierlich und hob den Eimer höher, damit Maike hineingreifen konnte. Die schnappte sich eine Marzipan-Banane.

»Das macht dann fünf Euro«, teilte die Biene ihr mit, kaum dass sie die Süßigkeit im Mund hatte.

Maike verschluckte sich beinahe. »Und geschäftstüchtig bist du auch noch! Hier, das sind zwei.« Sie legte dem Bienen-Mädchen eine Münze in die ausgestreckte Hand.

Das Mädchen schaute sie einen Augenblick skeptisch an, steckte das Geldstück jedoch schnell weg. Vielleicht hatte sie Angst, dass Maike es sich wieder anders überlegte.

»Bist du Hannah-Sophie?«, fragte sie die Kleine.

Die schüttelte den Kopf. »Ich bin doch die Lulu!«

»Ach so!«

»Und du meinst bestimmt Hannah-***Sophia***. Die ist meine beste Freundin.«

»Wie schön..«

»Ja!« Lulu nickte so beherzt, dass die beiden gelben Bommeln auf ihrem Bienen-Haarreif wild hin und her wippten. »Und eigentlich wollte sie heute mit mir auf die Karnevalsparty in der Turnhalle mitkommen.«

»Auch als Biene?«

»JA! Als Willy! Sie hat doch ein neues Kostüm. Und jetzt kann sie es gar nicht brauchen.«

»Oh.« Maike ging vor Lulu in die Hocke. Sie überlegte, ob sie sich noch eine Marzipanfrucht nehmen sollte, aber sie hatte kein Kleingeld mehr. »Weißt du denn, wann die Hannah-Sophie wiederkommt? Und wo sie ist?«

»Hannah-*Sophia*«, korrigierte Lulu. »Die ist bei ihrer Oma in Köln. Schon ganz lang. Und dabei wollte sie doch gestern endlich wiederkommen und mit mir Karneval feiern.«

Maike stutzte. »Ist sie nicht gestern erst nach Köln gefahren? Zu ihrer Ballettaufführung?«

»Nein.« Wieder schüttelte Lulu den Kopf. »Sie ist schon ewig weg. Seit Mittwoch!«

»Sicher, Mittwoch? Du verwechselst da nichts?«

Lulu musterte sie mit stechendem Blick unter so stark zusammengezogenen Augenbrauen, dass Maike schon Angst hatte, die Grimasse würde dauerhafte Knickfalten im Mädchengesicht hinterlassen.

»Nei-ein«, sagte sie genervt. »Mittwochnachmittags hab ich immer Flöte. Danach wollte Hannah-Sophia zum Spielen kommen. Ging aber nicht, weil sie da schon nach Köln musste. Das war voll fies, weil die Hannah-Sophia nämlich auch nicht zu ihrer Oma wollte. Bei der mufft es immer so. Sagt Hannah-Sophia. Und jetzt muss sie sogar dort schlafen.«

Maike richtete sich wieder auf. »Sie ist bestimmt bald wieder da, Lulu.«

»Vielleicht. Aber dann ist Karneval vorbei.«

»Ja, wie schade.«

Maike hatte genug erfahren von Lulu und machte sich auf den Weg nach Köln-Junkersdorf. Sie brauchte etwa eine Dreiviertelstunde, bis sie an der Haustür der Schwäfels von Mark und Nele begrüßt wurde. Die Hündin schmiegte sich übermütig an Maikes Hüfte und stupste sie so lange mit der Schnauze an, bis sie aufgab und das flauschige Fell hinter ihren Ohren kraulte. So begeistert Nele sich gab, so überrascht zeigte sich Mark.

»Du bist aber früh dran. Hast du dich in der Uhrzeit vertan?«

Maike schüttelte den Kopf. »Ich hatte gehofft, mich unterwegs noch mit einer Zeugin unterhalten zu können. Daraus wurde aber nichts.«

Sie musterte Mark von oben bis unten. Er trug eine dunkelblaue Hose, ein hellblaues Hemd und darüber eine Polizeijacke.

»Dafür brauchst du das also«, sagte sie und reichte ihm das Paar Handschellen, um das er sie am Vorabend per SMS gebeten hatte. »Ich dachte schon –«

»Sprich es nicht aus«, unterbrach Mark sie. »Du bekommst sie heute Abend zurück. Also keine falschen Rückschlüsse, ja?«

»Ich mein ja nur.« Die Golden-Retriever-Hündin geduldete sich nur äußerst unwillig, bis Maike ihren Parka und die Schuhe ausgezogen hatte. Sie wollte weitere Streicheleinheiten. Die sie auch bekam. Maike nickte in Richtung des blonden Haarbüschels, das ihr Bruder in der anderen Hand hielt. »Und was soll die Perücke? Gehst du als *Britta Sommer*?«

Mark wackelte mit den Augenbrauen. »Seit wann ist die denn Polizistin? Nein. Ich gehe als *Maike Pech*.«

»Sehr witzig. Du weißt aber schon, dass ich fast immer in Zivil unterwegs bin?«

»Künstlerische Freiheit. Die junge Maike Pech. Und jetzt entschuldige mich, ich muss zurück an den Schminkspiegel. Zoe ist in der Küche.«

Statt ihr dorthin zu folgen, verzog sich Nele ins Wohnzimmer. Maike entdeckte ihre beste Freundin am Küchentresen, wo sie gerade ein paar Walnusskerne über einer großen Schüssel Obstsalat verstreute.

»Für euch später«, erklärte sie. »Wieso bist du denn schon da? Hast du dich in der Zeit geirrt?«

»Ich hatte Sehnsucht nach meinen Nichten.« Sie blickte sich um. »Wo sind sie denn?«

»Auf dem Spielplatz.«

»Alle drei?«

Zoe schüttete eine trübgelbe Flüssigkeit aus einer Teekanne in zwei gläserne Tassen. Eine davon gab sie Maike.

»Das hast du aber nicht von der Arbeit mit nach Hause gebracht?«, fragte sie vorsichtig.

»Das ist Ingwertee.«

»Igitt.«

Ungerührt holte Zoe ein Glas Bio-Honig aus dem Vorratsschrank. »Damit schmeckt er süßer.«

Maike verzog das Gesicht, schnappte sich jedoch einen Teelöffel.

»Findest du nicht, heißer Ingwer riecht wie eingeschlafene Füße?«, fragte sie, während sie dem zähflüssigen Honig dabei zusah, wie er ins Glas tropfte.

»Du sollst nicht daran riechen, sondern ihn trinken.«

Vorsichtig nippte Maike am Getränk. Es war Jahre her, dass sie das zum letzten Mal getrunken hatte; sie wusste schon gar nicht mehr, wann. Vermutlich war damals auch Zoe daran schuld gewesen.

»In Anbetracht der Tatsache, dass ich gleich auf deine Kinder aufpasse, könntest du ruhig ein bisschen netter zu mir sein.«

Zoe lachte. »Ich *bin* nett zu dir. Ich habe dir Tee gemacht und Sarah dazu verdonnert, mit den Zwillingen noch mal rauszugehen, wenn sie schon nicht auf die beiden aufpasst. Dann sind sie nachher hoffentlich ein bisschen ausgepowert.«

»He, ich bin Polizistin. Ich komme selbst mit knallharten Verbrecherinnen klar.«

»Aber nicht mit Fünfjährigen.«

Sie zogen ins Wohnzimmer um, wo sie den Hund ertappten, der es sich auf dem gewaltigen flauschigen Sitzkissen neben dem Kamin gemütlich gemacht hatte.

»Nele«, mahnte Zoe.

Die Hündin stand mit einem Geräusch auf, das verdächtig nach einem Seufzen klang, und ging zu ihrem Körbchen.

»Lass sie nachher nicht aufs Kissen.«

»Niemals«, sagte Maike und suchte sich ein Plätzchen auf der großen Couch, auf dem sie vermutlich den restlichen Abend verbringen würde. Ihr Plan sah vor, Laura und Leonie mit einem Zeichentrickfilm ruhigzustellen – vorzugsweise mit einem, in dem nicht gesungen wurde – und ihre Notizen durchzugehen und/oder ein bisschen zu dösen.

»Trifft sich jedenfalls gut, dass du schon da bist«, sagte Zoe. »Ich hab nämlich was für dich.«

»Als was verkleidest du dich eigentlich?«, fragte Maike und beobachtete ihre Freundin neugierig dabei, wie diese auf ihrem Smartphone herumwischte. »Als Sträfling?«

»Nein«, antwortete Zoe abwesend. »Mary Shelley. Mark hat sich leider geweigert, als Victor Frankenstein zu gehen.«

Nach ein paar Sekunden hellte sich ihre Miene auf und sie hielt Maike das Display vor die Nase.

»*Toxikologisches Gutachten* ... Ist das ...?«

»Der Befund der Laboruntersuchung von Jonas Sperling, genau«, sagte Zoe. »Wusstest du, dass er Asthmatiker gewesen ist?«

Sie nickte. »Hab's heute Morgen erfahren. Martin hat ein Asthma-Spray in seiner Wohnung entdeckt.«

Zoe grinste. »Martin? So, so.«

Um nichts erwidern zu müssen, griff Maike nach dem Ingwertee. Er schmeckte auch lauwarm und mit Honig nicht sonderlich gut.

Auch Zoe trank von ihrem Tee, ließ sie dabei allerdings keine Sekunde aus den Augen. »Das ist aber noch nicht alles«, sagte sie dann. »Wir haben in seinem Blut auch Rückstände von Metoprolol gefunden.«

»Ein Medikament?«, riet Maike.

Zoe nickte. »Ein Betablocker.«

»Aha.«

»Man verwendet das zum Beispiel bei Bluthochdruck und Herzrhythmusstörungen. War Sperling krank?«

Maike zuckte mit den Schultern.

»Hat dir seine Lebensgefährtin nichts davon erzählt?«

Maike schnaubte. »Die hat mir ja noch nicht mal was von seinem Asthma erzählt. Herzkrankheit, sagst du?«

Das Tablettenpäckchen von Sascha Dudenhöfer stand ihr überdeutlich vor Augen. Sie zog ihr Smartphone aus der Hosentasche und rief im Internet eine Suchmaschine auf.

Zoe stand auf und griff nach ihrer Tasse. »Was machst du?«

»Herausfinden, wie dieses Meto-irgendwas aussieht«, antwortete sie grimmig.

In diesem Moment hörten sie, wie die Haustür aufgeschlossen wurde und Kinderschritte den Flur entlanggerannt kamen.

»Tante Maike! Bist du schon da!?«

»Schuhe ausziehen!«, rief Zoe streng und lief ihren Töchtern entgegen.

»Ist dir noch ein Patient abgesprungen?«, rief der andere Zwilling aus dem Flur. »Dann hast du ja jetzt noch viel mehr Zeit für Rex und Horni!«

Maike legte ihr Smartphone zur Seite und warf Nele einen geschlagenen Blick zu. »So viel dazu.« Sie griff nach einem Couchkissen. »Dann bauen wir jetzt wohl mal meine Tierarztpraxis auf.«

Kapitel 14

Drei Stunden später fühlte sich Maike wie durch einen Fleischwolf gedreht. Es war eine Sache, sich bei Ermittlungen die halbe Nacht um die Ohren zu schlagen, jedoch eine ganz andere, auf zwei Fünfjährige aufzupassen. Vor allem, nachdem zwei Tassen heiße Schokolade ihnen einen extra Zuckerschock verpasst hatten.

Als Zoe, Mark und auch Sarah gegangen waren, hatte Maike ihren Ingwertee in stummer Verachtung ausgetrunken und sich selbst eine Tasse heiße Schokolade genehmigt. Die erhoffte Energiespritze blieb bei ihr jedoch aus. Eine geschlagene Stunde hatte sie sich als Doktor Maike mit dem Wohlbefinden der Kuscheltiere Rex und Horni beschäftigt, ehe sie den Fernseher angeschaltet hatte. Mit einer Decke auf dem Schoß saß sie nun auf der gewaltigen Couch der Schwäfels. Leonie hatte sich eng an sie gekuschelt, während sich Laura mit Nele das Kissen vor dem Kamin teilte. Natürlich hatten sich die Zwillinge für einen Animationsfilm entschieden, in dem gesungen wurde. Immerhin waren es keine Karnevalslieder.

Am Ende des Films rappelte sich Laura von ihrem Platz am Kamin auf. »Das war toll! Dürfen wir noch einen sehen?«

Maike überlegte kurz. »Nur, wenn ihr euren Eltern nichts davon erzählt.«

Die Mädchen nickten.

»Und nichts mit Eis und Schnee!«

Eine hitzige Diskussion später tummelten sich Meerjungfrauen auf dem Flachbildschirm vor ihnen.

Als die Hauptfigur davon sang, am liebsten ganz woanders sein zu wollen – ein Gefühl, das Maike zu ihrer eigenen Überraschung in diesem Moment nicht teilte – brachte ihr Smartphone die Glasplatte des Wohnzimmertischs zum Vibrieren: ein Anruf von Philipp.

»Ich bin kurz in der Küche«, sagte sie zu Leonie und Laura und verschwand aus dem Zimmer. Nele folgte ihr auf dem Fuß, vielleicht in der Hoffnung, etwas zu Fressen zu bekommen. »Dort steht dein Trockenfutter.« Maike deutete auf den Napf in der Ecke und streichelte der Hündin über den Kopf, ehe sie ans Telefon ging.

»Hallo?«

»Alaaf!«, rief Philipp begeistert in den Hörer.

»Das war schon am Donnerstag im Treppenhaus nicht lustig.«

»Ach, komm schon, Maike. Sei nicht so ein Sauertopf.«

»Ich bin kein Sauertopf! Alles in Ordnung? Warum rufst du an?«

»Ich wollte dich einladen. Heute Abend.«

Maike schluckte. Ihr Nachbar war süß. Nein, nicht süß, wirklich ein sexy Kerl. Und er war mit seinen Mitte zwanzig fünfzehn Jahre jünger als sie. Nach ihrem Umzug nach Niederteerbach war sie mit ihm einmal im Bett gelandet. Sie war jedoch davon ausgegangen, dass er inzwischen kapiert hatte, dass sich mehr als Freundschaft nicht zwischen ihnen entwickeln würde.

»Philipp, ich –«

»Kein Date«, beruhigte er sie sofort. »Es geht um eine Einladung in die Sargfabrik. Wegen Billie. Wenn du willst, kannst du dich gleich jetzt mit mir dort umschauen.«

Maike bot sich eine Gelegenheit, die sie sich nicht entgehen lassen konnte. Sie sagte Phillip zu, beendete das Gespräch und rief Sarah an. Irgendjemand musste schließlich auf die Zwillinge aufpassen.

Dummerweise hob ihre Nichte, die sonst in jeder freien Minute am Smartphone klebte, ausgerechnet jetzt nicht ab.

»Wahrscheinlich ahnt sie schon, warum ich sie anrufe«, murmelte Maike und versuchte es bei ihrer Mutter.

Und tatsächlich stand Jutta Pech keine Dreiviertelstunde später vor der Haustür der Schwäfels.

»Du hast ja immer noch dieses kackbraune Dienstfahrzeug«, begrüßte Jutta sie.

»Ich freu mich auch, dich zu sehen, Mama.«

Sie umarmten einander.

»Ich freu mich doch, Maike, mein Schatz. Aber die Farbe dieses Wagens – die ist doch eine Zumutung.«

»Immerhin passt er in fast jede Parklücke«, erwiderte Maike, obwohl sie sich selbst nicht wirklich an ihr hässliches Auto gewöhnen konnte.

Jutta Pech bedachte sie mit einem skeptischen Blick. »Soll ich mal mit eurer Bürgermeisterin reden?«

»Mit der Graefe?! Bloß nicht.« Sofort fühlte sich Maike wieder an die eigene Schulzeit zurückerinnert, in der ihre Mutter so manches Gespräch mit den Lehrkräften ihrer Kinder geführt hatte. Und zum Schluss käme die

Graefe vielleicht noch auf die Idee, ihr einen zweiten Twizy zur Verfügung zu stellen. »Würde eh nichts nützen. Sie findet den Wagen ›*ökonomisch und ergonomisch*‹.«

»Was soll das denn heißen?« Jutta Pech schälte sich aus ihrer Jacke.

»Vermutlich, dass sie keine Steuergelder verschwenden will.«

»Wie du meinst.«

Maike nahm ihrer Mutter die Jacke ab. Die schlüpfte aus ihren eleganten Schuhen und zog aus dem Jutebeutel, den sie mitgebracht hatte, die flauschigsten Hausschuhe, die Maike jemals gesehen hatte.

Ebenfalls hervor zog sie ein Marmeladenglas und drückte es ihrer Tochter in die Hand. »Hier, ich hab dir was mitgebracht.«

»Danke«, zwang sich Maike zu sagen und betrachtete angewidert das giftgrüne Gelee, in dem hier und da undefinierbare braune Stückchen steckten.

»Beschwipste Limette«, las sie vom Etikett ab.

»Mit Keksstückchen. Mein eigenes Rezept.« Jutta strahlte sie an. »Du, das ist der Hammer. Aber nicht zu viel davon auf leeren Magen, das verträgt er nicht.«

Maike nickte. »Meiner *sicher* nicht.«

Jutta verdrehte die Augen. »Probier's einfach mal. Du wirst begeistert sein. Wo sind denn meine beiden Engel?«

Maike deutete mit dem Daumen über die Schulter, wo im Film ein Froschchor ein Liebeslied schmetterte.

»Verstehe. Du hast sie vor dem Fernseher geparkt.«

»Vorher haben wir über eine Stunde Tierarzt gespielt.«

»Mit Nele?!«, fragte Jutta erschrocken.

»Mit Horni und Rex«, beruhigte Maike sie. » Im Kühlschrank steht noch Obstsalat. Hat Zoe gemacht.«

Juttas Gesicht hellte sich auf. »Das klingt gut. Isst du ein Schälchen mit uns?«

»Ich muss leider gleich los.«

Ihre Mutter nahm die Brille von der Nase und ließ sie an ihrem flippigen Kettchen um den Hals hängen, während sie sich mit Daumen und Zeigefinger die Nasenwurzel massierte. »Ach Maike, du kannst von Glück sagen, dass der Chor seinen Auftritt so früh hatte. Sonst hätte ich es unmöglich geschafft, für dich einzuspringen.«

»Ich dachte, ich bin für dich eingesprungen?«

Jutta seufzte. »Also mit eigenen Kindern wird das wahrscheinlich nichts bei dir, oder?«

»Ich hab doch schon den besten Job der Welt.«

»Tante?«

»Polizistin.«

Kapitel 15

Als Maike den Nissan Cube vor der Sargfabrik parkte, war es bereits kurz vor neun – und die Karnevalsparty in vollem Gange. Philipp hatte ihr erzählt, dass sie in den Kellerräumen des Bürogebäudes stattfinden würde – eine »kleine Firmenfeier«, bei der es jedoch offensichtlich so heiß herging, dass sie schon vom Parkplatz aus die Gäste hörte, die lauthals karnevalistische Evergreens mitschmetterten. Der Bass der Musik ließ die Scheiben der Souterrain-Fenster vibrieren. Horst hätte es vermutlich geliebt. Und Gabi auch.

Das wird spannend, dachte sie, als sie auf den Haupteingang zulief. Durch das Glas der Tür konnte sie Philipp erkennen, der dort auf sie wartete.

»Als was bist du denn verkleidet?« Sie starrte auf den dunkelbraunen Jumpsuit, den er trug, und an dem in Hüfthöhe auf jeder Seite ein ausgestopfter Stoffarm aufgenäht war – allerdings ohne Hände.

Philipp umarmte sie kurz. »Borkenkäfer!«

»Was?«

»Ja. Fand ich irgendwie witzig.«

»Verstehe. Wegen der Holzsärge und so.«

Er nickte.

Sie deutete auf seinen seltsamen Kopfschmuck »Und warum trägt ein Borkenkäfer ein Rentiergeweih?«

»Hab keine Käferfühler gefunden«, erklärte er.

»Ich hab da heute mit jemandem gesprochen, die hätte sich bestimmt gefreut, wenn du sie zu ihrer Karnevalsfeier begleitet hättest.«

»Deine Mutter?«

Maike lachte. »Nein. Na ja, die vielleicht auch. In diesem Fall war's eine junge Dame: Lulu.«

»Lulu ...?«

»Das ist ... Ach, ist egal. Danke, dass du dich aus deinem Bohrgang herausgewagt hast, um mich hier herumzuführen.«

Die Tür zum Treppenhaus flog auf und ein Trüppchen schief singender Partygäste stolperte in den Eingangsbereich. Sie waren als Bauarbeiter, Matrose, Cowboy und Krankenschwester verkleidet und hatten sich gegenseitig die Arme um die Schultern gelegt.

»Hey Philipp!«, krakelte ihnen die Gestalt mit dem Cowboyhut und dem Lasso am Gürtel mit hoher Stimme entgegen. Entweder befand sie sich noch im Stimmbruch oder es handelte sich um ein Cowgirl. »Kommt ihr mit raus in den Hof?«

»Danke, nee. Wir bleiben lieber im Warmen.«

»Schräges Kostüm«, bemerkte der Matrose, blickte dabei aber nicht Philipp an, sondern Maike. »Was soll'n das darstellen?«

»Privatermittlerin«, erklärte sie.

»Achsooo. Klar.« Er klang nicht überzeugt.

Die seltsame Combo stolperte an ihnen vorbei und Maike fühlte sich versucht, ihre Autoschlüssel zu konfiszieren. Aber vermutlich hatten die vier noch nicht mal einen Führerschein – was sie nicht daran gehindert hatte, ordentlich zu tanken.

»Sagtest du nicht, das hier ist eine Firmenfeier?«, fragte Maike, nachdem die Vier verschwunden waren.

»Das sind die Lehrlinge.«

»Und als was werden die ausgebildet? Als minderjährige Coverband der Village People?«

Philipp warf Maike einen enttäuschten Blick zu. »Also echt. In deiner Zeit in Berlin hast du offenbar jeglichen Sinn für Karneval verloren.«

Maike hob die Hand. »Der war schon vorher nicht allzu stark ausgeprägt.« Das stimmte zwar nicht ganz, aber darüber wollte sie jetzt nicht sprechen. »Lass uns los, ja? Bevor uns noch die Großeltern der *Pussycat Dolls* über den Weg laufen.«

Philipp lachte. »Na gut. Die Chancen stehen also nicht allzu gut, dass ich dich dazu überreden kann, nachher noch mit mir runter in den Partykeller zu kommen?«

Maike klopfte ihm auf die Schulter und sparte sich eine Antwort.

Sie folgte ihm die Treppe hinauf bis in den zweiten Stock. Es fühlte sich seltsam an, durch die leeren Büroflure zu gehen, während ein paar Stockwerke unter ihnen eine Karnevalsparty stattfand. Ein bisschen kam es ihr vor, als würde sie in ein anderes Jahrzehnt eintauchen. Das lag zum einen an dem sandfarbenen Teppich, mit dem die Böden ausgelegt waren und der wirkte, als sei er seit einem Vierteljahrhundert nicht mehr ausgetauscht worden. Zum anderen an dem dunkelgrau lackierten Sideboard im Flur, auf dem neben einem Drucker tatsächlich noch ein Faxgerät stand. An den Wänden hingen große Bilder, die Aufnahmen der Sargfabrik aus verschiedenen Jahrzehnten zeigten. Die Firma Schröckel gab es schon seit über achtzig Jahren.

Offensichtlich hatte Vincent Rossbach seinerzeit entschieden, dass er das Unternehmen nach dem Erwerb ebenso wenig umbenennen wollte wie die neuen Besitzer den *Hut-Körner.*

»Und dein Chef hat echt nichts dagegen, dass ich mich hier umsehe?«, fragte Maike, als sie um eine Ecke bogen und an der vermutlich hässlichsten Steinskulptur vorbeikamen, die sie jemals gesehen hatte. Jemand hatte bunte Konfettischlangen um ihren Kopf gewunden, was nichts besser machte.

»Nö.« Der Stolz war aus Philipps Stimme herauszuhören. »Ich hab ihn erst gefragt, als er schon ordentlich was gebechert hatte. Er ist erst gestern aus dem Urlaub zurückgekommen und total in Feierlaune und meinte, du bist hier jederzeit willkommen.«

»Das hört man doch gern. Und was glaubt er, warum ich die Sargfabrik besichtigen will?«

»Das ist überhaupt das Beste: Er hat gar nicht gefragt.«

»Dann müssen wir uns noch was überlegen, falls er das nachholt.« Sie war nicht erpicht darauf, dass ganz Niederteerbach erfuhr, dass sie in einem Fall ermittelte, der offiziell eigentlich gar keiner war und bereits über zwanzig Jahre zurücklag.

Am Ende des Flurs blieb Philipp stehen. »Das Büro des Geschäftsführers. Wir sind da.«

Er öffnete die dunkle Tür und betätigte den Lichtschalter. Maike hielt den Atem an. Begleitet von einem hochtönigen Surren flammten die Neonröhren in den Deckenleuchten auf und tauchten das Büro in kaltes Licht. Sie betrat den Raum. Statt mit dem altmodischen Teppich war der Boden hier mit hellem Parkett ausgelegt.

Zu ihrer Linken, am Fenster, standen eine hellgraue Besuchercouch und zwei dazugehörige Stühle, dazwischen ein Tischchen aus Glas und Metall und dahinter eine fast deckenhohe Grünpflanze. In der rechten Hälfte des Raums standen mehrere Schränke, bis auf den letzten Platz gefüllt mit Aktenordnern. Alles war recht modern eingerichtet, doch Maike sah sofort, dass es sich bei dem Raum um den auf dem Foto handelte. Sie erkannte es an dem Gemälde, das ausschnittsweise auf dem Bild zu sehen war. Es zeigte einen strohgedeckten Bauernhof vor idyllischem Waldhintergrund. Und auch der Schreibtisch war noch derselbe wie auf dem Foto: ein wuchtiges Möbelstück aus rustikaler Eiche. Dahinter stand stilecht ein antiker Schreibtischsessel, bezogen mit dunkelgrün eingefärbtem Leder.

»Und?« Philipp klang neugierig. »Was denkst du?«

Maike zuckte mit den Achseln und ging zum Aktenschrank. »Mach die Tür zu«, bat sie und hörte zufrieden, wie das Schloss einrastete. Musste ja nicht jeder sofort mitbekommen, dass sie hier herumschnüffelte.

Ihr Blick wanderte über die bunten Rückenschilder der Ordner. Grün, gelb, orange und blau wechselten sich ab. Die Farben kennzeichneten verschiedene Kalenderjahre. Maike suchte Ordner aus dem Jahr, in dem Billie verschwunden war, doch die Akten reichten nur bis ins Jahr 2007 zurück.

»Wo ist der Rest?«, fragte sie sich laut.

Philipp trat zu ihr. »Das weiß ich leider nicht. Vermutlich im Archivkeller.«

»Was ist da drin?« Sie deutete auf die Türen in der unteren Hälfte der Schränke, die abgeschlossen waren.

»Geschäftsberichte?«, mutmaßte Philipp. »Jahresabschlüsse und so was, könnte ich mir vorstellen?«

»Und dort?«

»Der Safe?«

In der rechten Ecke des Raums, von der Tür aus verborgen hinter dem Schreibtisch, stand ein altmodischer Metallsafe, der sicher auch schon Jahrzehnte auf dem Buckel hatte. In seiner rohen Schlichtheit passte er nicht zum Rest der Einrichtung.

»Schwarzgeld?«

Es sollte ein Scherz sein, doch Philipp zuckte zusammen. »Ich hoffe nicht! Ich wollte noch eine Weile hier arbeiten.«

Maike ging hinüber zum Schreibtisch und öffnete eine Schublade nach der anderen.

»Wenn mein Chef hier eine Kamera montiert hat, dann hab ich jetzt echt ein Problem.«

»Und wenn die Village People hier reinplatzen auch. Er hat dir doch erlaubt, dass ich mich ein bisschen umsehe.« Maike kramte zwischen Kugelschreibern und Bleistiften, Büroklammern, einem Locher und halb beschriebenen Blöcken herum. Ihr fiel nichts auf, was ihr in irgendeiner Weise behilflich sein konnte.

»Damit hat er sicher nicht gemeint, dass du auch in seinen Unterlagen herumwühlst.«

Frustriert schob Maike die Schreibtischschublade zu und ließ sich in den Ledersessel fallen. Er war richtig bequem.

»Du hast recht. Entschuldige.«

»Sollen wir vielleicht nach unten –«

»Wer ist das?«, unterbrach Maike ihn.

Vom Schreibtisch aus war ihr Blick auf die gegenüberliegende Wand gefallen. Drei große Fotografien hingen dort in goldfarbenen Rahmen. Sie stand auf und stellte sich davor.

Die erste Fotografie war schwarz-weiß. Sie zeigte einen jungen Mann mit Schnauzer. Er trug einen dunklen Dreiteiler mit weißem Hemd und einer kleinen Fliege. Auf dem Kopf trug er einen Alte-Leute-Hut. Na ja, damals hatten den wohl auch junge Leute getragen.

Das zweite Bild war die Farbaufnahme eines Mannes in mittleren Jahren. Er sah dem ersten ähnlich, war jedoch nicht derselbe. Vielleicht täuschte aber auch die Vokuhila-Frisur, die Mitte der Achtzigerjahre so trendy gewesen war.

»Philipp?«

»Das ist mein Chef, Vincent Rossbach.« Er deutete auf das dritte Bild in der Reihe, das Maike sich bisher nicht genauer angeschaut hatte. »Und das sind der alte Schröckel und Schröckel junior, die ehemaligen Besitzer der Sargfabrik.« Er deutete auf die Schwarz-weiß-Aufnahme. »Der alte Schröckel hat die Sargfabrik in den 1940ern gegründet und sie auch bis in die 70er geführt. Danach hat sein Sohn übernommen: Heinz Schröckel. Die langjährigen Mitarbeiter nennen ihn nur Schröckel junior, obwohl *er* es eigentlich war, der die Sargfabrik so richtig groß gemacht hat.«

Maike zückte ihr Smartphone. »Darf ich ein Foto machen?«

»Klar. Aber warum?«

»Fällt dir nichts auf?«

Maike öffnete die Foto-App und schoss mehrere Bilder von Heinz Schröckel. Sie musste die Kamera ein bisschen seitlich halten, damit das Licht nicht auf der Scheibe des Bilderrahmens reflektierte.

»Schau dir mal seine Ohren an«, forderte sie Philipp auf, während sie ihre Aufnahmen kontrollierte. Ja, auch auf den Schnappschüssen konnte man es gut erkennen: Der Vokuhila-Schnitt betonte unvorteilhaft die extrem abstehenden Ohren von Schröckel junior – Ohren, wie sie auch der Mann auf dem Foto aus Billies Akte hatte. Dort war er allerdings von hinten abgebildet worden.

Philipp war verdächtig still geworden. »Du meinst ...«, flüsterte er schließlich unsicher.

»Ja«, antwortete Maike grimmig. »Billies Mörder kannte Heinz Schröckel. Oder besaß zumindest eine Fotografie von ihm. Die Frage ist nur: Warum?«

Nachdem sie das restliche Büro von Vincent Rossbach unter die Lupe genommen hatte, stahlen sich Maike und Phillip durch die anderen Räume des Bürogebäudes. Viel Interessantes entdeckten sie dabei nicht, sah man einmal von dem Engelchen ab, das in der Buchhaltung gerade dabei war, einem graumelierten Vampir das Rüschenhemd aufzuknöpfen. In weiser Voraussicht hatte es seinen Heiligenschein aus Draht und Lametta abgenommen und neben die Rechenmaschine gelegt.

Maike beschloss daraufhin, dass es an der Zeit war, sich die Produktionshallen näher anzusehen. Immerhin dort trafen sie auf niemanden sonst. Das Gelände der Fabrik war groß; Schröckel-Särge wurden weltweit verschickt. Etwas zu finden, was ihr im Fall Billie weiterhelfen konnte, gestaltete sich wie die Suche nach der berühmten Nadel im Heuhaufen.

Eine Stunde später, nachdem Philipp vergeblich versucht hatte, einen Schlüssel zu finden, der die Kellerräume unter der Schreinerei aufsperrte, gab Maike auf. Gemeinsam machten sie sich auf den Weg nach Hause.

»Hast du noch Lust auf einen Absacker?«, fragte Philipp sie an seiner Wohnungstür.

Maike schüttelte den Kopf. Der lange Vortag steckte ihr in den Knochen und sie war froh, ins Bett zu kommen. Allein.

Nachdem sie sich um Crockett und Tubbs gekümmert hatte und unter die Decke geschlüpft war, warf sie einen letzten Blick auf ihr Handy. Sandro hatte ihr vor über einer Stunde eine SMS geschickt, die sie jetzt las.

Hoffe, du konntest deinen Abend als Babysitter genießen. Meiner ist ganz passabel. Auch wenn ich ihn lieber bei einem Abendessen mit dir verbracht hätte.

Untermalt war der Text mit einem Foto von Sandro in einem Fußballtrikot. Er prostete mit einem Glas Kölsch in die Kamera, in einer Geste, die seine durchtrainierten Arme gut zur Geltung brachten. Flankiert wurde er von Napoleon und Julius Cäsar.

Also doch eine Karnevalsfeier. Maike musste schmunzeln.

Zweimal fing sie an, eine Antwort zu tippen, doch jedes Mal brach sie ab. Schließlich entschied sie sich für:

Eine Frau muss tun, was eine Frau tun muss. Freue mich auf Mittwoch.

Dann schaltete sie ihr Smartphone auf lautlos, stellte ihren Wecker auf halb acht und knipste das Licht aus.

In dieser Nacht träumte sie von Sandro in seinem Fußballtrikot. In der Berliner U-Bahn unterhielt er sich mit Martin über G-Punkt-Stimulatoren und Feinstrumpfhosen, bis die beiden ausgerechnet von Mark kontrolliert wurden, der immer noch als Maike Pech verkleidet war.

Kapitel 16

Am Sonntagmorgen fuhr Maike schon wieder zu den Schwäfels. Allerdings nur, um vor dem Haus in Zoes SUV umzusteigen und mit ihr weiter zur Wohnung von Jens zu fahren. Maikes Chef hatte sie zum lange geplanten Kater-Frühstück eingeladen. Mark ließ sich allerdings entschuldigen. Er hatte am Abend zuvor so über die Stränge geschlagen, dass sein Kater die Ausmaße einer rachsüchtigen Raubkatze besaß.

Jens und sein Lebensgefährte André lebten zusammen mit ihrer Adoptivtochter Emily im ersten Stock eines schicken Altbaus im Belgischen Viertel mit Blick auf den Rathenauplatz. Als Jens ihnen die Tür öffnete, schlug ihnen der Duft nach Kaffee, Eiern und gebratenem Speck entgegen. Maike lief das Wasser im Mund zusammen, obwohl *sie* keinen Kater loswerden musste.

»Sie ist gerade eingeschlafen«, flüsterte er Maike und Zoe zu, um zu erklären, warum er seine kleine Tochter auf dem Arm hin- und herschaukelte. »Ich leg sie schnell hin. Kommt erst mal rein. Ihr kennt euch ja aus.«

Er verschwand und Zoe und Maike hängten ihre Jacken an die Garderobe und verfrachteten ihre Schuhe in die dafür vorgesehene Abtropfschale. Jens und André hatten Pantoffeln bereitgestellt.

»Die sind dann wohl für dich.« Maike deutete auf das weinrote Paar, das den Schriftzug *Mother of Dragons* in Gold trug. Sie selbst schlüpfte in dunkelgraue, auf die in Silber *King of the North* gestickt war.

Der Wohnzimmertisch bog sich fast unter den Leckereien, die ihre Gastgeber aufgefahren hatten: Es gab Lachs, Wurst, Tomaten, Mozzarella und in Scheiben geschnittene Salatgurke, Käse, Trauben und zahlreiche Marmeladen, darunter ein Glas bittere Orangenmarmelade neben einer Schale dampfender Baked Beans.

»Wow«, kommentierte Zoe. »Wir sind in London gelandet.«

Selbst gesalzene Butter und Toastbrot gab es, allerdings auch Röggelchen und rheinisches Schwarzbrot.

»Bitte, setzt euch«, forderte Jens sie auf, der gerade zurückkam. »Kaffee oder Tee?«

»Tee«, erwiderte Zoe.

»Kaffee«, antwortete Maike.

»Also so wie immer«, kommentierte Jens.

»Jetzt, wo ich eure Orangemarmelade sehe, fällt mir ein, dass ich euch eigentlich was Kleines mitbringen wollte«, sagte Maike. »Selbst gemachte Marmelade. Erinnere mich daran, dass ich sie dir demnächst mal mit aufs Präsidium bringe.«

»Selbst gemachte Marmelade?«, fragte Jens.

»Ja.« Maike strahlte ihn an. »*Beschwipste Limette.* Von meiner Mutter.«

»Schade, dass Emily schläft.« Zoe nahm das Glas Orangensaft entgegen, das Jens ihr über den Tisch hinweg reichte. »Ich hab sie schon ewig nicht mehr gesehen.«

Jens deutete auf die dunklen Ringe unter seinen Augen. »Mir wäre es auch lieber gewesen, sie hätte heute Nacht geschlafen statt jetzt.«

»Das dauert eh nicht lang, bis sie wieder wach ist.« Mit einer großen Pfanne Rührei kam André aus der Küche.

»Ach du Schreck! Was ist denn mit dir passiert?« Maike starrte auf den Bluterguss auf seiner rechten Wange und der Stirn.

»Hast du dich geprügelt?«, fragte Zoe.

»Schön wär's«, warf Jens in ironischem Ton ein.

André überhörte den Einwurf geflissentlich. »Ist schlimmer, als es aussieht.« Er stellte sich neben Zoe, um ihr vom Rührei aufzutun. »Für dich keine Würstchen und kein Speck, nehme ich an? Es gibt auch gleich noch ein paar angebratene Champignons.«

Zoe konnte den Blick nicht von dem Hämatom nehmen. »Das sieht nicht schön aus.«

»Ist das noch von deinem Fahrradunfall?« Maike erinnerte sich daran, dass Jens ihr erzählt hatte, André sei auf dem vereisten Radweg gestürzt.

André wirkte zerknirscht. »Ja.«

»Nein, nicht ganz«, widersprach Jens. »Er ist *schon wieder* gestürzt. Gestern. Weshalb *wir* übrigens gestern unserem Babysitter absagen mussten und nicht auf eine Karnevalsparty gegangen sind. Dabei hat er mir versprochen, dass Fahrrad bei Glätte im Keller zu lassen.«

»Es war nicht glatt, es war nur nass.« André tat auch Maike eine großzügige Portion Rührei auf. Danach ging er um den Tisch herum zu seinem Ehemann. »Jetzt hab ich's ja kapiert.«

Jens blickte ihn zweifelnd an. André grinste schief, servierte das restliche Ei und drückte Jens schnell noch einen Kuss auf den Scheitel, ehe er wieder in der Küche verschwand.

»Jetzt kann er Emily schon wieder nicht zur Tagesmutter bringen«, flüsterte Jens ihnen über den Tisch zu. »So kann ich ihn doch nicht aus dem Haus lassen. Die denken doch alle, ich würde ihn schlagen.«

»Sei froh, dass du nicht in Niederteerbach wohnst. Wenn Ingo Brandt davon Wind bekommen hätte ...«

Zoe zwinkerte ihnen zu. »Männer. Man kann nicht mit ihnen, aber auch nicht ohne sie.«

Jens seufzte. »Wem sagst du das?«

»Männer werden überbewertet«, behauptete Maike.

Unisono hoben Zoe und Jens die Augenbrauen.

»Von deinem Chaos fangen wir erst gar nicht an«, sagte ihre beste Freundin dann.

Maike verspürte keine große Lust, das Thema zu vertiefen, und erzählte stattdessen von ihrem Besuch in der Sargfabrik – und über ihren aktuellen Fall.

»Du glaubst also, diese Katrin Körner könnte etwas mit dem Mord zu tun haben«, fasste André zusammen und griff nach einem Röggelchen, um es mit Butter zu bestreichen.

»Ist doch komisch, dass sie mich wegen ihrer Tochter und der Fahrerei nach Köln belogen hat, oder nicht?«

Zoe nickte. »Glaubst du, die beiden haben sich vielleicht schon früher gekannt?«

»Die Körner und Jonas Sperling?« Maike schenkte sich Kaffee nach. »Möglich wär's. Darüber habe ich auch schon nachgedacht. Und Hannah-Sophie ...«

»Und der Vaterschaftstest«, ergänzte Jens.

»Warum hat er sich den nach Berlin schicken lassen?«

»Vielleicht war das ein Versehen? Falsche Adresse angegeben oder so. Vielleicht lässt er sich häufiger Vaterschaftstests schicken oder bestellt viel online und die Adresse war in der Bezahl-App schon gespeichert? Passiert mir auch häufiger.«

Maike blickte ihren Chef skeptisch an. »Also, dass er sich öfter Vaterschaftstests hat schicken lassen, glaube ich nicht. Dagegen spricht die Sterilisation. Aber da ist auch noch die Sache mit den Tabletten, diesen ...«

»Metoprolol«, half ihr Zoe aus.

»Genau. Von denen Rückstände in Sperlings Blut gefunden worden sind. Und exakt diese Tabletten nimmt Sascha Dudenhöfer, der Regisseur. Der eigentlich gar nicht mit Jonas Sperling zusammenarbeiten wollte. Die beiden mochten sich nicht.«

»Ob der ihn deshalb vergiftet hat?«, fragte André zweifelnd.

»Na ja ...« Zoe schob ihren Teller von sich. »Vielleicht wollte er ihn gar nicht umbringen.«

Maike richtete sich gespannt in ihrem Stuhl auf. »Wie meinst du das?«

»Eine der Nebenwirkungen von Metoprolol sind Erektionsprobleme.«

»Oha«, sagte André. »Der Super-GAU für einen Pornodarsteller.«

»Genau«, fuhr Zoe fort. »Und lebensbedrohlich für einen Asthmatiker. Ich gehe inzwischen davon aus, dass das Medikament bei ihm zu Atemnot geführt hat. Du hattest gesagt, er hat Sport gemacht, Maike? Körperliche Anstrengung verstärkt diese Wirkung noch.«

Maike spürte ein Kribbeln. Das war ein wichtiger Hinweis. »Dann ist Jonas Sperling erstickt?«

»Und anschließend hat ihn jemand in den Pool geschleift.«

»Statt die Polizei zu rufen?« Sie war nicht überzeugt.

»Um einen Badeunfall vorzutäuschen?«

»Das kann dann aber nur jemand getan haben, der sich mit Polizeiarbeit überhaupt nicht auskennt.« Jens griff nach der Schale Baked Beans. »Kann ich mir den Rest nehmen oder will noch jemand?«

Die anderen schüttelten den Kopf.

»Und was ist mit seiner Lebensgefährtin?«, fragte André. »Die wusste, dass er Asthma hat, oder?«

»Giovanna. Die kann eine richtige Furie werden. Und ja, sie wusste, dass er Asthma hat. *Und* sie war rasend eifersüchtig. Aber wie hätte sie an die Tabletten kommen können?«

Jens mengte Speck unter die Baked Beans. »Sie schläft doch während der Dreharbeiten im gleichen Bauernhaus wie der Regisseur, oder?«

»Aber sie hat ein Alibi«, widersprach Maike. »Jedenfalls ein halbwegs wasserdichtes. 'tschuldigung, das Wort war jetzt vielleicht ein bisschen unpassend. Sie sagt, sie war zum Tatzeitpunkt nicht in Niederteerbach, und ihre Kollegen bezeugen das. Mit denen ist sie nach dem Nachtdreh zurückgefahren, und dort ist sie dann mit einer der anderen Darstellerinnen noch versackt, ehe sie ins Bett ist. Sascha Dudenhöfer könnte allerdings auf seinem Weg zum Kölner Hauptbahnhof am *Fit with Fun* vorbeigefahren sein. Und Kai Bilinsky, dieser andere Darsteller, der ihn zum Bahnhof gefahren hat, der hätte das sogar auf dem Rückweg tun können.«

»Sicher ausschließen kannst du bisher also keinen«, sagte Jens.

»Ich weiß«, erwiderte Maike. »Ich ...« In diesem Moment klingelte ihr Telefon. Maike warf einen Blick auf das Smartphone. »Wenn man vom Teufel spricht.« Sie nahm das Gespräch an. »Frau Körner, schön, dass Sie zurückrufen.«

Das Gespräch dauerte nicht lange.

»Und?«, fragte Jens anschließend. »Was hat sie gesagt?«

»Sie ist gerade in Köln. Bei ihrer Schwiegermutter. Und sie ist bereit, sich gleich noch mal mit mir zu treffen.« Maike warf ihren Gastgebern einen bedauernden Blick zu. »Tut mir leid, dass ich die Runde jetzt so abrupt sprenge.«

André winkte ab. »Mach dir keine Gedanken. Das bin ich schon von dem hier gewohnt.« Er drückte Jens' Schulter. »Wollt ihr noch was mit nach Hause nehmen?«

Bedauernd blickte Maike auf die Leckereien auf dem Tisch. »Danke, nein«, zwang sie sich zu sagen. »Die Körner hat nicht viel Zeit. Ich muss wirklich gleich los.«

Die vier standen auf und verabschiedeten sich herzlich voneinander. Dann machten sich Maike und Zoe auf den Weg zurück zum Auto, das einige Straßen weiter parkte.

»Du kannst auch erst zu dir nach Hause fahren und ich fahre allein weiter«, bot Maike Zoe an, als sie in den SUV stiegen.

»Quatsch«, widersprach Zoe.« Ich fahr dich schnell dorthin. Inzwischen bin ich ja auch neugierig, warum die Körner gelogen hat.«

»Du weißt schon, dass das hier keine Daily Soap ist.«

Maike schnallte sich an und Zoe startete den Motor.

»Na, hör mal. Ich muss Mira doch möglichst bald sagen, wer ihren Lieblings-Pornodarsteller ermordet hat.«

»Ich kann es immer noch nicht fassen, dass deine Assistentin seine Filmchen kennt.«

»*Ich* kann immer noch nicht fassen, dass sie ihn aufgrund des Neon-Tangas erkannt hat. Gib mal die Adresse von Katrin Körners Schwiegermutter in das Navi ein.«

Zoe parkte bereits aus und lenkte ihren Wagen Richtung Köln-Zollstock.

Sie brauchten gut zehn Minuten.

»Nett«, sagte Maike, als sie vor dem Wohnhaus ausstiegen, in dem Katrin Körners Schwiegermutter lebte. »Nicht so furchtbar protzig wie das Haus der Körners in Niederteerbach.« Die Fassade des Hauses war in einem frischen Blau gestrichen und der Vorgarten hübsch gepflegt.

Fast sofort, nachdem sie geklingelt hatten, meldete sich die Stimme von Katrin Körner aus der Gegensprechanlage. »Warten Sie bitte. Ich komme runter.«

Maike und Zoe blickten sich an.

»Einen Tee wird sie uns jedenfalls nicht anbieten«, sagte Maike.

Zoe winkte ab. »Besser ist das. Wenn ich noch einen trinke, muss ich sie fragen, ob sie mich mal in ihr Badezimmer lässt.«

Katrin Körner sah ähnlich übernächtigt aus wie Jens, als sie zu ihnen nach draußen schlüpfte. Auch unter ihren Augen lagen dunkle Schatten, das Haar hatte sie am Hinterkopf hochgesteckt, doch ein paar lose Strähnen flatterten um ihr Gesicht. Heute versank sie förmlich in ihrem blassrosa Anorak, und mit einem unguten Gefühl musste Maike feststellen, dass die Frau ihr gegenüber heute deutlich älter aussah als noch vor zwei Tagen.

»Gehen wir ein Stück«, schlug sie vor und drängte sich, ohne eine Antwort abzuwarten, an ihnen vorbei auf den Gehweg.

»Gut«, stimmte Maike pragmatisch zu und schloss sich ihr an. »Das ist Frau Schwäfel.« Sie verzichtete darauf, Katrin Körner darüber zu informieren, dass Zoe keine Kollegin war, und da ihre Verdächtige nicht danach fragte, ließ sie es auf sich beruhen. »Sie besuchen Ihre Schwiegermutter?«

»Hm«, antwortete Körner knapp. »Da vorne ist der Vorgebirgspark. Da können wir in Ruhe sprechen.« Unter ein paar blattlosen Laubbäumen blieb sie endlich stehen. Sie steckte ihre Hände tief in die Taschen ihres Anoraks und blickte sie müde an. »Was gibt es denn noch?«

Maike verschränkte die Arme. »Sie könnten mir zum Beispiel sagen, was wirklich geschehen ist, Frau Körner.«

Die Nasenflügel der Frau bebten kurz. »Wie meinen Sie das? Das habe ich doch bereits.«

»Na sagen wir mal mit viel Fantasie. Denn Ihre Tochter ist doch schon seit Mittwoch bei Ihrer Schwiegermutter, oder? Sie haben mich belogen.«

»Was?! Ich –«

»Und Sie haben ein weiteres Detail ausgelassen: Warum haben Sie mir nicht erzählt, dass Herr Sperling sich auch mit Hannah-Sophie unterhalten hat?«

»Hannah-Sophia«, korrigierte Katrin Körner sie tonlos.

Jetzt musste sie die Bombe platzen lassen. Sie schaute Katrin Körner fest in die Augen. »Weiß Ihre Tochter, dass Herr Sperling ihr Vater ist?«

Katrin Körner riss die Augen auf und stolperte einen Schritt zurück. »Was?! Das ist doch Unsinn.«

Bedauernd schüttelte Maike den Kopf. Und schon holte sie zum zweiten Schlag aus, auch wenn der ein Bluff war. »Das ist es leider nicht. Herr Sperling hat vor seinem Tod einen Vaterschaftstest gemacht. Das Ergebnis ist eindeutig.«

Vor ihren Augen brach Katrin Körner in Tränen aus. Sie schlug sich die Hand vor den Mund, wich bis zu einer Eiche zurück und sank an deren Stamm gelehnt in die Knie.

Mist, vielleicht hatte sie den Zustand der Frau unterschätzt. »Frau ...«, begann sie, doch Zoe war schneller. Sie ging vor Katrin Körner in die Hocke, streckte ihr ein Papiertaschentuch entgegen und kramte eine kleine Flasche Wasser aus ihrer Tasche. *Was Mütter immer alles dabeihaben,* dachte sie.

Dankbar griff Katrin Körner nach beidem, wischte sich die Tränen ab, putzte sich die Nase und trank einen Schluck. Maike stellte sich so vor die beiden, dass man vom Gehweg aus nicht sofort erkannte, was vor sich ging.

»Das darf niemand erfahren«, flüsterte Körner endlich. Sie ergriff Zoes Hand und ließ sich aufhelfen.

Maike ging einen Schritt näher. »Was meinen Sie? Was darf niemand erfahren? Dass Sie Jonas Sperling ermordet haben?«

»Was?! Nein! Ich hab doch nicht ... Ich meine das Ergebnis des Vaterschaftstests. *Davon* darf niemand erfahren.«

»Laufen wir noch ein paar Meter.« Maike deutete auf einen kleinen Weg, der sich zwischen den Bäumen hindurch schlängelte. »Fangen wir doch mal von vorne an. Woher kannten Sie Jonas Sperling?«

Zoe und sie flankierten die Frau jetzt.

Körner lächelte traurig, gab sich dann einen Ruck. »Wir waren mal ein Paar. Allerdings ist das ewig her.« Sie seufzte. »Kommt mir schon vor wie ein anderes Leben. Jonas und ich haben uns in Berlin kennengelernt. Wir waren zwei Jahre zusammen. Es war eine schöne Zeit. Ich hab ihn wirklich geliebt, wissen Sie. Aber irgendwie hat es einfach nicht gepasst. Jonas war ständig auf Partys. Und ich hab mich da eine Weile mitreißen lassen. Dann habe ich Malte, meinen jetzigen Mann, kennengelernt. In einem Restaurant, in dem ich gekellnert habe. Er hat für eine Unternehmensberatung gearbeitet und war alle paar Wochen auf Geschäftsreise in Berlin. Er war total charmant; wirklich ein netter Kerl. Ich hab nicht vorgehabt, mit ihm was anzufangen oder mich in ihn zu verlieben. Irgendwie ist das einfach passiert. Und auf einmal hatte ich zwei Männer – die nichts voneinander wussten. Ich hatte kaum Geld, steckte in einem Job fest, den ich hasste, und dann ...« Sie begann zu schluchzen. »Als ich den Test gemacht habe, war ich schon im vierten Monat.«

»Und da wussten Sie, dass ein Leben mit Malte Körner das stabilere sein würde«, vermutete Maike. *Und finanziell einträglicher,* dachte sie bei sich.

»Nein«, verteidigte sich Katrin Körner. »So war das nicht. Ich hab mit Jonas geredet, hab ihm gesagt, dass ich schwanger bin. Und er hat ganz großmütig angeboten, dass er mich damit nicht allein lässt und mir helfen will.« Wütend ballten sich ihre Hände zu Fäusten. »Nur hat er damit gemeint, dass er mir das Geld für eine Abtreibung gibt. Er meinte, wir seien beide mit Ende zwanzig noch nicht reif für ein Kind.«

Mit Ende zwanzig? Maike runzelte die Stirn. Hatte Giovanna Ricci nicht behauptet, die Körner sei bereits vierzig?

»Wie alt sind Sie eigentlich?«

Katrin Körner blickte sie überrascht an. »Ich bin im Januar sechsunddreißig geworden, warum?«

So viel dazu. »Ach nichts«, behauptete Maike. »Nur für die Akten. Was ist dann passiert?«

Katrin Körner holte tief Luft. »Jonas' Angebot hat mir die Entscheidung einfach gemacht. So ein Partyleben wie er wollte ich nicht, jedenfalls nicht mehr. Und vor allem wollte ich mein Baby nicht abtreiben. Also hab ich getan, was ich schon eine ganze Weile hätte tun sollen: Ich hab mich von Jonas getrennt. Ich hab behauptet, dass ich abgetrieben habe und bin aus Berlin weggezogen.«

Katrin Körner verfiel in ein langes Schweigen. Maike musste den Redefluss in Gang halten. »Und dann ging es von Berlin nach Niederteerbach?«

Sie schreckte hoch aus ihren Gedanken. »Nein, nicht Niederteerbach. Malte wollte nach Amerika. In seinen

Plan passte ein Baby eigentlich auch nicht. Aber *er* hat sich von Anfang an gefreut. Mit seinen Eltern war's kurz schwierig, weil die nicht so begeistert waren, dass sie mich praktisch erst kurz vor unserer Hochzeit kennengelernt haben. Malte und ich haben noch vor der Geburt geheiratet und sind dann erst mal für zwei Jahre in die USA gegangen.« Im Vorbeigehen warf sie das gebrauchte Taschentuch in einen Abfalleimer. »Der Rest ist schnell erzählt: Ich wollte nicht, dass Hannah-Sophia in New York aufwächst, also sind wir zurück nach Deutschland gekommen, ehe sie in den Kindergarten gekommen ist. In Berlin hat mich nichts mehr gehalten und Maltes Eltern wollten damals, dass er unbedingt irgendwann das Geschäft übernimmt. Also sind wir erst mal nach Niederteerbach gezogen. Und hier geblieben, auch nachdem Malte das Hutgeschäft verkauft hat. Alles war perfekt. Ich hab geglaubt, ich seh Jonas nie wieder.«

»Aber dann ist er im Fitnessstudio aufgetaucht«, sagte Maike.

»Ich hab gedacht, mich tritt ein Pferd. Jonas in Niederteerbach? Eigentlich total unmöglich.« Katrin Körner lachte bitter. »Aber er war's.«

»Er hat sie wiedererkannt«, warf Zoe ein, als Frau Körner nicht weitersprach.

Die nickte. »Natürlich. Ich ihn ja auch. Ich hab versucht, ihm aus dem Weg zu gehen, und er mir nach einem kurzen Hallo erst auch. Dann hat er Hannah-Sophia gesehen, als sie nach der Schule ins Fitnessstudio gekommen ist. Sie hatte ihren Haustürschlüssel vergessen, ausgerechnet an dem Tag.« Sie blickte von Zoe zu Maike. »Wie viel Pech kann man eigentlich haben?«

»Eine reicht«, antwortete Maike.

Katrin Körner blickte sie verwirrt an.

»Mein Nachname«, erklärte Maike. »*Pech.* Schon gut. War vielleicht der falsche Moment. Zurück zu Herrn Sperling. Er hat erkannt, dass Hannah-*Sophia* seine Tochter ist?«

»Alle sagen, dass sie nach mir kommt«, entgegnete Katrin Körner. »Darüber war ich heilfroh. Aber Jonas hat behauptet, sie würde genauso aussehen wie seine kleine Schwester früher. Er hat mir auf den Kopf zugesagt, dass er mir nicht glaubt, dass ich damals abgetrieben habe.« Ihr Gesicht verfinsterte sich. »Auf einmal hat er behauptet, dass es ein Fehler gewesen wäre, das von mir verlangt zu haben. Und dass er heilfroh sei, dass ich es nicht getan hätte. Und dass *er seine Tochter* gern näher kennenlernen würde. *Seine Tochter.* Das muss man sich mal vorstellen! Hat er ihre Windeln gewechselt? Hat er an ihrem Bettchen gesessen, als sie die Windpocken hatte? Sie in den Arm genommen, wenn sie sich in den Schlaf geweint hat? Nein! Er weiß doch gar nicht, was es bedeutet, Vater zu sein.« Immer mehr Groll schlich sich in ihre Stimme. »Aber da stand er vor mir, selbstherrlich wie eh und je, der tolle Jonas. Und sagt mir allen Ernstes, dass er einen Vaterschaftstest ...« Sie blieb stehen. »Warum hat er mich gefragt, ob ich einem Vaterschaftstest zustimme, wenn er doch schon einen gemacht hat? Und wie soll er das überhaupt bewerkstelligt haben? Ich hab Hannah-Sophia gleich am Mittwoch noch zu ihrer Großmutter gebracht.«

»Er hat sich mit ihrer Tochter unterhalten.« Jetzt musste Maike improvisieren. »Im *Fit with Fun.*«

»Und da hat dieses Schwein ein Haar von ihr geklaut, oder was?!«

»Er könnte auch ein Trinkpäckchen oder ein Glas an sich genommen haben, das sie benutzt hat«, schlug Zoe vor. »So genau steht das nicht im Laborergebnis.«

»Kann ich dieses Laborergebnis sehen?«

»Gern«, antwortete Maike. »Im Revier in Niederteerbach. Allerdings wissen Sie eigentlich bereits, dass er der Vater Ihrer Tochter ist, nicht wahr?«

Katrin Körner fuhr sich durch die Haare. »Sie haben Schweigepflicht, oder? Mein Mann darf davon nie erfahren, hören Sie? Versprechen Sie mir das? Er würde ausrasten.«

»Frau Körner ...«

»Es läuft gerade nicht so gut in meiner Ehe, verstehen Sie? Wir haben Probleme. Wenn Malte jetzt auch noch erfährt, dass er nicht der Vater von unserer Tochter ist ...«

Zoe fischte ein weiteres Taschentuch aus ihrer Manteltasche und reichte es ihr.

Maike wartete, bis sie sich das Gesicht abgewischt hatte, dann sagte sie: »Es tut uns leid, Frau Körner. Wie soll das denn geheim bleiben, wenn sie vor Gericht stehen?«

»Vor Gericht? Wieso das denn?«

»Für den Mord an Ihrem ehemaligen Lebensgefährten. Wir wissen von den Medikamenten.«

»Sie haben ihm Betablocker verabreicht«, fiel Zoe ein. »Weil sie wussten, dass das in Zusammenhang mit seinem Asthma zu Atemnot und einem Herzstillstand führen würde.«

Karin Körner sah sie entgeistert an. »Hören Sie. Ich weiß ja nicht, was sie sich da zusammengereimt haben, aber ich habe Jonas nicht vergiftet. Und Asthma? Jonas hatte kein Asthma. Zumindest weiß ich davon nichts. Oder von irgendwelchen Tabletten. Ich hab ihn am Mittwochabend das letzte Mal gesehen, ich schwöre es!«

Kapitel 17

»Eine krasse Geschichte, oder?«, fragte Zoe auf dem Rückweg zum Haus der Schwäfels.

»Allerdings.« Maike wusste nicht, was sie von Katrin Körners Behauptungen halten sollte. Sie hatte endlich zugegeben, dass sie mit ihrer Tochter noch am Mittwoch zu ihrer Schwiegermutter gefahren und am Freitag erst nach Niederteerbach zurückgekommen war, um sie zu treffen.

Warum hatte sie sie zunächst belogen, und abgestritten, dass sie schon am Mittwoch mit Hannah-Sophia nach Köln gefahren war? Hatte sie wirklich nur verschweigen wollen, dass Hannah-Sophia nicht das Kind ihres Mannes war?

»Du könntest mit ihrer Schwiegermutter reden«, schlug Zoe vor.

»Meinst du, die sagt mir die Wahrheit, falls die Körner was zu verbergen hat? Ich setze Gabi drauf an. Auch wegen des Alibis.«

Eine Weile schwiegen die beiden. Die Fahrt nach Junkersdorf zog sich etwas, da Zoe aufgrund diverser *Veedelszöch* ein paar Umwege fahren musste. Schließlich drehte sie das Radio etwas leiser.

»Was hast du in der Sargfabrik rausgefunden?«, fragte sie Maike.

»Ich weiß nicht. Dieser Geschäftsführer aus der Sargfabrik, Heinz Schröckel, irgendwie hab ich da so ein Gefühl ...«

»Meinst du, er hat etwas ... mit damals zu tun?«

Maike seufzte tief. »Ich kann es nicht sagen. Vielleicht wünsche ich es mir auch nur. Aber es fühlt sich so an, als stochere ich nicht mehr ganz so sehr im Dunkeln herum. Auf jeden Fall schadet es nicht, mehr über ihn herauszufinden.«

»Ich dachte, er ist tot?«

»Ist er auch.« Maike griff in ihre Tasche und zog ihr Smartphone heraus.

»Wen rufst du jetzt an?«, wollte Zoe wissen.

»Gabi.«

»Am Sonntag?«

»Sie hat Rufbereitschaft. Hat sich freiwillig gemeldet, damit sie am Rosenmontag und Karnevalsdienstag nicht zu kommen braucht. Und wenn es jemand gibt, der uns mit Schröckel junior weiterhelfen kann, dann weiß sie das.«

Zoe setzte zu einer Erwiderung an, doch Maike hob die Hand, um sie zu stoppen.

»Hallo, Gabi! Ich bin's«, begann Maike, als ihre Kollegin abnahm.

»Maike! Wie gut, dass du anrufst!« Gabi klang extrem gut gelaunt; im Hintergrund ertönten die unvermeidlichen Klänge eines Karnevalshits.

»Ach ja?«, fragte sie.

»Ja. Ich war gerade dabei, dir eine SMS zu schreiben. Die Berliner Apotheke, in der Sascha Dudenhöfer war, hat zurückgerufen. Die hat heute nämlich Notdienst.«

»Ach.«

»Sie haben sein Alibi bestätigt. Er war am Freitag gegen 14 Uhr bei ihnen und hat ein Rezept eingelöst.«

»Weißt du, für was?«

»Herztabletten.«

»Ha! Und der Arzt? Und seine Auftraggeber?«

»Sein Auftraggeber hat den Termin am Vormittag bestätigt. Die Ärztin hab ich noch nicht erreicht. Aber ich bleibe dran.«

»Danke.«

»Gibt es sonst noch was Neues?«

»Leider nicht. Katrin Körner scheint auch eine Sackgasse zu sein. Die war von Mittwoch bis Freitag gar nicht in Niederteerbach, sondern in Köln.«

»Hätte mich auch gewundert, ich mein, wie oft hat sie diesen Sperling gesehen? Einmal? Zweimal? Da bringt man doch niemanden um.«

Maike verzichtete darauf, Gabi am Telefon darüber zu informieren, was sie herausgefunden hatte. Das würde sie später machen. »Sie sagt, sie war bei ihrer Schwiegermutter. Ich schick dir nachher mal die Kontaktdaten. Kannst du das Alibi überprüfen?«

»Klar, schick gern rüber.«

»Danke. Aber deshalb rufe ich eigentlich gar nicht an. Den ehemaligen Geschäftsführer der Sargfabrik, Schröckel junior, kanntest du den?«

»Den Heinz? Na klar. Also nicht gut. Also eigentlich kannte ich ihn nicht. Der ist aber schon ewig tot. Du glaubst doch nicht, dass er ... in dem Fall mit deiner vermissten Freundin, meine ich ...«

»Ich weiß es nicht, Gabi. Vielleicht liege ich auch völlig falsch.«

»Der Heinz Schröckel war ein ganz anständiger Mensch. Hat viel für Niederteerbach getan.« Sie seufzte. »Aber was hinter verschlossenen Türen vorgeht, das weiß ja niemand so genau ...«

»Ich will keine schlafenden Hunde wecken. Es wäre toll, wenn ich mir ein Bild davon machen könnte, was er in der Zeit so getrieben hat, als Billie verschwunden ist. Gibt es da Zeitungsberichte? Man hat doch damals fast alle im Ort befragt. Was hat er damals ausgesagt? Wie liefen seine Geschäfte? War er unterwegs? Was war mit seiner Familie? Solche Sachen.«

»Wenn unser Archiv nicht abgebrannt wäre ...«

»Mist.«

»Ich setz mich dran, es müsste noch einiges im Kölner Archiv zu finden sein«, versprach Gabi. »Ich bekomm schon was heraus.«

»Danke dir. Du weißt, das ist kein offizieller Auftrag.«

»Mach dir keine Gedanken, Maike. Ich mach das schon.«

Mit einem breiten Lächeln auf dem Gesicht verabschiedete sich Maike von ihrer Kollegin und legte auf. Zoe bog derweil in die Straße ein, in der Maike vor ein paar Stunden ihren Nissan Cube abgestellt hatte.

»Und jetzt?«, fragte Zoe. »Kommst du noch mal mit rein?«

Maike schüttelte den Kopf. »Jetzt fahr ich erst mal nach Hause. Und vergrab mich für den restlichen Sonntag in meinem fensterlosen Wohnzimmer mit meinen Katzen auf der Couch.«

»Zum Serienmarathon?«

»So ähnlich. Philipp hat mir gestern noch was Spannendes zum Lesen in die Hand gedrückt: eine

Broschüre mit der Chronik der Sargfabrik. Mal schauen, was ich selbst über den Schröckel junior herausbekomme.«

Kapitel 18

Am nächsten Morgen saß Maike bei ihrer ersten Tasse Kaffee am Küchentisch, als Gabi anrief. Sie klang ganz aufgeregt: »Du errätst nie, was ich herausgefunden habe!«

Als Gabi fertig war, stand Maike bereits im Schlafzimmer und zog eine frische Jeans aus dem Schrank.

»Ruf Lukas an«, sagte sie. »Frag ihn, ob er schon jetzt auf die Wache kommen kann. Ich bin in zehn Minuten bei dir.«

»Mach eine halbe Stunde draus«, bat Gabi. »Ich bin doch selbst noch zu Hause!«

Nachdem Maike aufgelegt hatte, putzte sie sich schnell die Zähne, gab den Katzen ihr Frühstück und entschied, noch einen Abstecher zur Bäckerei Strietzel zu machen. Ein paar Apfelkrapfen und Muzenmandeln waren ein guter Start in einen Rosenmontag.

Um halb neun stand Maike vor Gabis Schreibtisch, auf den Händen drei Thermobecher jonglierend und eine große Tüte vom Bäcker unter dem Arm. Sie hatte beschlossen, heute einmal ihren Kollegen Kaffee und Frühstück mitzubringen. Gabi war so aufgeregt, dass ihr der Becher und der Apfelkrapfen beinah aus der Hand fielen, als sie sie entgegennahm. Noch nicht einmal Karnevalsmusik hatte sie eingeschaltet.

»Willst du's sehen?«, fragte sie.

Maike stellte ihren eigenen Becher und den von Lukas auf dessen Schreibtisch. »Warten wir noch kurz auf unseren dritten Mann«, schlug sie vor und zog die Jacke aus, als das Festnetztelefon der Wache klingelte.

»Wer mag das sein?«, fragte Gabi. »Am Rosenmontag. Es wird doch nichts passiert sein?«

»Sicher nicht. Da ruft nur jemand zum Spaß bei der Polizei an.«

Gabi warf ihr einen misstrauischen Blick zu.

»Vielleicht die Zumwinkels?«, schob Maike hinterher.

Ihre Kollegin wurde zwei Schattierungen blasser und hob ab. »Polizeiwache Niederteerbach, Polizeihauptkommissarin Gabriele Petzold. Wie kann ich helfen?«

Die Person am anderen Ende der Leitung sagte etwas, das Maike nicht hören konnte. Gabi winkte sie näher heran und schaltete den Lautsprecher an.

»Ich habe Sie gerade auf Laut gestellt. Meine Kollegin hört mit, Kriminalhauptkommissarin Pech. Sie ermittelt in dem Fall.«

»Wer ist das?«, wisperte Maike ihr zu.

»Sie sind also die Ärztin von Herrn Dudenhöfer«, sagte Gabi laut und überdeutlich. »Danke, dass Sie zurückrufen. Und das am Rosenmontag.«

»Also das interessiert bei uns in Berlin wirklich niemanden«, entgegnete eine freundliche Frauenstimme. »Für uns ist heute ein ganz normaler Tag. Meine Kollegin hat mir gerade mitgeteilt, dass Sie mich dringend sprechen wollen? Was gibt's denn? Dass die Polizei anruft, passiert hier wirklich nicht alle Tage. Vor allem nicht die aus Nordrhein-Westfalen.«

Gabi erklärte der Ärztin, worum es ging.

Die bestätigte die Aussage von Sascha Dudenhöfer. »Ja, der war bei mir.«

»Was hat er denn gewollt?«, fragte Gabi frei heraus.

Die Ärztin zögerte. »Tut mir leid, das fällt unter ärztliche Schweigepflicht.«

»Ging es um Meto...pepol?«, schaltete Maike sich ein. »Wir ermitteln in einem Mordfall.«

»Mord?! Du meine Güte! Herr Dudenhöfer, ist er –«

»Nein«, beruhigte Maike sie. »Es geht ihm gut. Aber die Information, um die ich Sie bitte, könnte sehr wichtig sein.«

Einige Sekunden herrschte Schweigen. Dann räusperte sich die Ärztin. »Herr Dudenhöfer war tatsächlich wegen Meto*prolol* bei mir. Er hat ein neues Rezept gebraucht, weil er seine Tabletten wohl verlegt hat.«

An der Unsicherheit in ihrer Stimme erkannte man deutlich, dass sie sich nicht wohl dabei fühlte, ihnen das mitzuteilen.

»Kam das öfter vor?«, fragte Maike.

Die Tür zur Wache öffnete sich und Lukas kam herein. Gabi gab ihm mit auf die Lippen gelegten Finger zu verstehen, dass er still sein solle.

»Nein«, antwortete die Ärztin. »Eigentlich nie. Es hat Herrn Dudenhöfer auch sehr leidgetan. Er hat sich tausendmal entschuldigt. Hören Sie, ich hoffe, ich bringe niemanden in Schwierigkeiten.«

»Nein, nein«, versicherte ihr Maike. »Im Gegenteil: Sie haben uns sehr geholfen.«

»Wer war denn das?«, fragte Lukas, nachdem Gabi aufgelegt hatte.

»Die Ärztin von unserem Regisseur.« Maike griff nach dem Thermobecher, den sie für ihn mitgebracht hatte, reichte ihn Lukas und deutete auf die Bäckertüte.

Überrascht schaute er sie an.

»Gewöhn dich nicht dran«, sagte Maike.

»Nein, nein«, versicherte er ihr sofort und richtete sich so kerzengerade auf, als habe sie ihn ermahnt. »Natürlich nicht. Obwohl mir heute eigentlich gar nicht nach Kaffee ... Ach, also vielen Dank!« Er setzte den Becher an und trank einen großen Schluck. »Ich fühl mich gleich viel wacher.«

Maike grinste. »Du musst ihn nicht trinken, wenn du nicht willst. Ich schaff auch zwei.«

»Nein, wirklich«, versicherte Lukas ihr. »Er schmeckt großartig.«

Gabi zwinkerte ihm zu. »Wir bringen dich schon noch auf den Geschmack.«

»Aber deshalb habt ihr mich doch nicht herbestellt, oder?«

»Natürlich nicht.« Gabi wedelte mit dem pinkfarbenen USB-Stick, den Heike Zumwinkel ihr am Freitagmorgen übergeben hatte. Sie löste die Kappe und steckte ihn in die Anschlussstelle an ihrem PC. »Wir haben den Fall gelöst.«

Maike ging um Gabis Schreibtisch herum und winkte Lukas zu sich.

Unsicher setzte er sich in Bewegung. »Ihr habt mich an meinem freien Tag hierherbestellt, damit ich mir ein Video anschaue, auf dem eine Jack-Russel-Dame ihr Geschäft verrichtet?«

»Das auch!«, antwortete Gabi triumphierend. »Die Zumwinkels hatten tatsächlich recht. Aber die Stelle können wir überspringen. Ich hab sie mir heute Morgen zu Hause beim Kartoffelschälen angesehen. Keine schöne Sache.«

»Der Punkt ist«, unterbrach Maike sie. »Gabi hat auf dem Video noch etwas ganz anderes entdeckt. Oder besser gesagt: jemand ganz anderes.«

Gebannt starrten die drei auf den Bildschirm. Das Video zeigte den nächtlichen Vorgarten der Zumwinkels, schön ausgeleuchtet von der davorstehenden Straßenlaterne.

Sekundenlang passierte nichts.

»Moment«, murmelte Gabi. »Hier müsste es sein.«

Sie klickte an eine Stelle in der Mitte der Aufnahme. Der Garten lag noch immer in friedlicher Stille. Was daran lag, dass das Video keinen Ton besaß.

Plötzlich sahen sie, wie eine kleine, weißbraun gefleckte Gestalt im linken oberen Bildausschnitt auftauchte und schnurstracks auf den Rasen der Zumwinkels lief.

»Gabi!«, beschwerte sich Lukas.

Die griff sofort nach der Maus und klickte in der Videospur ein Stück nach vorn. »Entschuldigt. Das war die falsche Stelle.«

Im Video war der Hund verschwunden. Auf dem Gras hatte er ein kleines Geschenk zurückgelassen.

Lukas presste scherzhaft einen Würgelaut hervor.

Gabi feuerte ihn an. »Du musst nur noch einen Augenblick durchhalten ... Hier, seht ihr!«

Sie deutete nach links. Erneut schob sich eine Gestalt ins Videobild. Diesmal war es jedoch eine wesentlich größere, eine menschliche. Die Silhouette einer Frau.

Als sie ins Licht der Straßenlaterne trat, konnte man sie deutlich erkennen.

Lukas stellte empört den Kaffeebecher ab. »Das ist Katrin Körner!«

»Vor dem Haus der Zumwinkels«, bestätigte Gabi. »Die ganz in der Nähe des Spa-Centers wohnen.«

»Von wann, sagtest du, ist das Video?«, fragte Maike.

Gabi schaltete es ab und deutete auf den Namen der Datei und das Erstellungsdatum. »Von der Nacht von Weiberfastnacht auf Karnevalsfreitag.«

Maike verschränkte die Arme. »Die Nacht, die Katrin Körner angeblich in Köln verbracht hat.«

Und Lukas ergänzte: »Die Nacht, in der Jonas Sperling ermordet wurde.«

Sie standen auf, griffen nach ihren Waffen und machten sich mit dem Dienstwagen auf den Weg ins Fitnessstudio.

»Und du glaubst, wir erwischen sie heute dort? Am heiligen Rosenmontag?«, fragte Lukas unterwegs.

»Hat sie jedenfalls gestern Zoe und mir gegenüber behauptet. Dass sie heute zurück in Niederteerbach ist, weil sie für ihren Chef einspringen muss, um im *Fit with Fun* klar Schiff zu machen.

Auf dem Parkplatz stand tatsächlich Katrin Körners dunkelblauer Kombi – und ein paar andere Autos.

Lukas blickte sich überrascht um. »Ich dachte, da hat heute alles zu?«

Maike deutete auf eines der Fahrzeuge. »Berliner Kennzeichen. Wetten, dass das unserer Pornocrew gehört?«

»Das kann ja heiter werden«, murmelte Lukas.

Die erste Person, der sie im Fitnessstudio über den Weg liefen, war allerdings weder Katrin Körner *noch* jemand von der Pornocrew.

»Frau Pech!« Ingo Brandt schien ebenso erstaunt über ihren Anblick zu sein wie sie über seinen. »Was machen Sie denn hier? Sie sind doch sicher nicht zum Sportmachen gekommen, darf ich annehmen, oder?«

»Nein«, antwortete Maike, ohne eine Miene zu verziehen. »Wir sind gekommen, um Sie festzunehmen.«

»Was?!«

»Wissen Sie das nicht, Herr Brandt? Der Mörder kommt über kurz oder lang an den Ort seiner Verbrechen zurück. Ich schätze, Sie waren zu unvorsichtig.«

»Ich verbitte mir diesen Unsinn«, empörte sich der Reporter. »Ich bin *deswegen* hier!« Er deutete mit dem Arm nach rechts, in Richtung des Schwimmbeckens.

Nicht noch eine Leiche, hoffte Maike. Als sie in die Richtung blickte, erkannte sie die durchtrainierte Gestalt von Kai Bilinsky: quicklebendig. Die Pornocrew war also tatsächlich hier. Bilinsky stand vor den Umkleidekabinen und trug erfreulicherweise T-Shirt und Sporthose. Die war zwar auch neonfarben, aber immerhin kein Tanga. Er drehte ihr den Rücken zu.

Maike wollte Ingo Brandt gerade fragen, ob er für das Niederteerbacher Volksblatt tatsächlich einen Setbericht über die Dreharbeiten von *Bumsfidel 3* schreiben wollte, als eine weitere Gestalt aus der Umkleide trat: Sascha Dudenhöfer. Er blickte nicht in ihre Richtung, ging an Kai Bilinsky vorbei und legte seine Hand auf dessen Po.

Der wandte den Kopf, blickte Dudenhöfer direkt an, aber anstatt ihn zu maßregeln, grinste er den Regisseur an, beugte sich vor und – gab ihm einen Kuss.

Das Ganze dauerte nur Sekunden. Sofort lösten sich die beiden voneinander und blickten sich um, als fürchteten sie Beobachter. Als sie in ihre Richtung guckten, hob Maike den Arm und winkte ihnen zu.

So war das also.

Bilinsky und Dudenhöfer winkten verunsichert zurück und verschwanden in der Männerumkleide – genau in dem Augenblick, als Sabine Graefe aus der Frauenumkleide trat.

»Da ist sie ja!« Ingo Brandt schulterte seinen Kamerarucksack.

»Ich glaub es nicht!«, entfuhr es Lukas.

Auch Maike staunte nicht schlecht: Bürgermeisterin Graefe trug türkisfarbene Leggins, ein weit fallendes, lila T-Shirt und Schweißbänder in der gleichen Farbe. Ihre Unterschenkel steckten in cremefarbenen Stulpen und ihre Füße in blütenweißen Turnschuhen.

»Was hat sie vor? Für *Flashdance* vorsprechen?«

»Wofür?«, fragte Lukas.

Maike winkte ab. »Dafür bist du zu jung.«

Brandt hatte die Graefe noch nicht ganz erreicht, als diese Maike und Lukas entdeckte, den Reporter unterhakte und zu ihnen kam.

»Frau Pech, Herr Yilmaz. Was machen Sie denn hier?«

»Unseren Job«, antwortete Maike. »Und Sie?«

»Meinen.« Sie richtete sich an Ingo Brandt. »Der Herzog verspätet sich etwas. Eine gewisse Baustellenampel will wohl nicht auf Grün schalten. Warum bauen Sie nicht schon mal alles auf?«

»Herzog?« Lukas hob die Augenbrauen. »Wilhelm Herzog?«

»Eben der«, bestätigte Sabine Graefe, während Ingo Brandt sich in Richtung der Laufbänder verdrückte. »Wir haben ein gemeinsames Fotoshooting.«

»Sie und der Bürgermeister von Oberteerbach?«

»Jetzt?!«, fragte Maike.

Sabine Graefe nickte. »Ja. Es muss heute sein, damit es schnellstmöglich in die Zeitung und auf unsere Social-Media-Kanäle kommt.«

»Warum?« Die Frage entschlüpfte Maike, ehe sie sich zurückhalten konnte.

»Weil Alois Speckle mal wieder keinerlei Rückgrat zeigt. Stellen Sie sich das vor: Er hat sich geweigert, diesen unverschämten Wagen vom Rosenmontagsumzug auszuschließen. *Narrenfreiheit,* ha, das ich nicht lache! Dem ist doch überhaupt nicht bewusst, wie sehr er damit Niederteerbach schadet, wenn er *mich* damit der Lächerlichkeit Preis gibt.«

»Sicher nicht«, sagte Maike.

»Eben! Und deshalb hab ich den Willy angerufen, Herrn Herzog, meine ich. Wir werden uns beim gemeinsamen Sportprogramm fotografieren lassen und der Welt sozusagen beweisen, dass wir nicht *Streithenne* und *Streithahn* sind. So einfach ist das.«

Maike streckte der Bürgermeisterin den Daumen entgegen. »Ökonomisch und ergonomisch.«

Die Graefe blinzelte. »Wie?«

»Nichts.«

»Gut. Und Herr Yilmaz, wenn Sie hier fertig sind, bleiben Sie doch bitte noch. Ich würde gern mit Ihnen über die Fortschritte beim digitalen Archiv sprechen, ja?«

»Mit mir?« Lukas klang entsetzt.

»Ja.«

»Aber ich …«

»Ich habe nachher für Sie Zeit, versprochen. Jetzt muss ich leider rüber zu Herrn Brandt. Alles *ins rechte Licht rücken,* Sie verstehen.« Sie zwinkerte Maike und Lukas zu.

»Und jetzt?«, fragte Lukas.

»Schauen wir mal, wo Katrin Körner sich versteckt.«

Sie machten sich auf den Weg zum Empfangstresen. Vielleicht befand sich ihre Verdächtige ja in einem der hinteren Räume. Am Eingang des Fitnessstudios trafen sie auf Giovanna Ricci, Andreas Bergmeister und die rothaarige Dirndl-Vanessa, die heute allerdings gar kein Dirndl trug.

»Wo kommen Sie denn her?«, fragte Maike.

Giovanna Ricci presste die Lippen aufeinander und hob schweigend einen Kaffeebecher in die Höhe.

Dirndl-Vanessa war gesprächiger. »Von dieser Fressoase. Der einzige Ort hier in der Gegend, wo man einen vernünftigen Kaffee bekommt.«

»Da kann ich Ihnen nicht widersprechen. Allerdings meinte ich: Was machen Sie heute alle *hier?* Herrn Dudenhöfer und Herrn Bilinsky habe ich auch schon gesehen. Drehen Sie etwa?«

»Nachdreh«, erklärte Andreas Bergmeister. »Haben Sie meine Ausrüstung nicht gesehen?« Er deutete auf die Hantelbänke, wo Maike tatsächlich eine Kamera, Stative und Bühnenstrahler liegen sah.

»Heute?«

»Eigentlich haben wir heute zu«, erklang eine weitere Stimme, und Katrin Körner kam um die Ecke. »Wegen des Rosenmontagszugs.« Sie deutete hinüber zu Bilinsky und dem Regisseur, die mit verschränkten Armen gerade Bürgermeisterin Graefe dabei beobachteten, wie sie einige Fotoposen probte. »Allerdings sind Sie deutlich zu früh. 10:30 Uhr war ausgemacht.«

Bergmeister zuckte mit den Achseln. »Das müssen Sie mit Herrn Dudenhöfer besprechen.«

Maike räusperte sich. »Frau Körner. Mein Kollege und ich müssen noch mal mit Ihnen sprechen. Unter vier Augen.«

Katrin Körner schluckte. »Noch mal? Ich habe Ihnen doch gestern schon alles gesagt.«

»Nicht alles, fürchte ich«, widersprach Maike.

Es polterte und ein undefinierbares Geräusch hallte durch den Trainingsraum. Giovanna Ricci war der Kaffeebecher aus der Hand gefallen.

»Passen Sie doch ...«, fuhr Katrin Körner sie an. Doch weiter kam sie nicht.

»Du!«, brüllte Giovanna Ricci und stürzte sich auf sie. Mit beiden Händen packte sie Katrin Körner am Hals und begann, sie hin und her zu schütteln. »Du warst es! Wusste ich es doch! Du miese –«

»Frau Ricci!« Maike versuchte, sie mit schneidender Stimme zur Vernunft zu bringen.

Lukas und Dirndl-Vanessa sprangen Frau Körner zu Hilfe und bemühten sich, Giovanna von ihr fortzuziehen. Doch die hatte in ihrer Wut offenbar gewaltige Kräfte entwickelt.

»Nun kommen Sie doch zur Vernunft!« Maike schob sich zwischen die beiden Frauen und bekam dabei Giovannas Ellenbogen gegen die Schläfe gerammt.

Endlich mischte sich auch Andreas Bergmeister ein. »Giovanna!«

Während sich Maike benommen aufrichtete, sah sie, dass auch Kai Bilinsky, Sascha Dudenhöfer, die Bürgermeisterin und Ingo Brandt auf sie zugerannt kamen. In diesem Augenblick gelang es Katrin Körner jedoch, sich loszureißen und davonzuspringen. Giovanna setzte sofort hinter ihr her. Maike und der ganze Rest folgten.

Lukas versuchte die Pornodarstellerin zu beruhigen. »Frau Körner hat Ihren Lebensgefährten nicht umgebracht!«

Doch Giovanna hörte ihn entweder nicht, oder seine Stimme drang nicht zu ihr durch. Wie eine Raubkatze trieb sie Katrin Körner vor sich her um den Pool herum. Die presste sich den Handrücken auf die Nase. Blut quoll hervor. Mindestens einen ordentlichen Treffer hatte Giovanna offensichtlich gelandet.

»Giovanna!« Vehement griff Sascha Dudenhöfer nach seiner Darstellerin. »Jetzt beruhig dich. Oder ich werf dich in den Pool. Hast du nicht gehört, was der Polizist gesagt hat?«

»Niemand landet im Pool«, sagte Maike bestimmt. »Wir wissen inzwischen, wer Jonas Sperling ermordet hat.«

So ganz stimmte das nicht, aber die Behauptung erzielte die gewünschte Wirkung. Alle Augen richteten sich auf sie. Sie schaute zu Karin Körner, die zitternd auf der anderen Seite des Pools stand.

»Wir wissen, dass Sie gelogen haben. Sie waren in der Mordnacht nicht in Köln, sondern hier in Niederteerbach.«

»Du Schlampe!«, brüllte Giovanna Ricci erneut.

»Na, na!«, mahnte Maike. »Die Frage ist, warum Sie uns belogen haben, Frau Körner?«

»Ich hab ihn nicht ermordet«, verteidigte sich diese. Inzwischen klang sie wie ein Häufchen Elend. »Das war ein Versehen. Das müssen Sie mir glauben. Es war ein Versehen!«

Kapitel 19

»Wir haben uns hier getroffen, Donnerstagnacht«, gab Katrin Körner kleinlaut zu. Sie sprach nicht laut, doch der gekachelte Raum besaß eine gute Akustik.

»Du Miststück! Ich wusste –«

»Frau Ricci«, ein bedrohlicher Unterton lag in Maikes Stimme. »Entweder Sie halten jetzt sofort den Mund, oder mein Kollege bringt Sie zum Horst. Also, in unsere Arrestzelle.«

Was auch immer Giovanna erwidern wollte, sie schluckte es herunter. Andreas Bergmeister legte ihr beruhigend die Hand auf die Schulter.

Maike wandte sich wieder an Katrin Körner. »Sie haben sich hier getroffen. Nach den Dreharbeiten?«

»Um drei Uhr nachts. Ich wusste, dass Konstantin, also Herr Odenthal wegen des Nachtdrehs die Überwachungskameras abgestellt hatte und es niemand mitbekommen würde, wenn ich mich mit Jonas treffe. Hannah-Sophia war in Köln in Sicherheit, und ich wollte die Angelegenheit ein für alle Mal aus der Welt schaffen.«

»Indem Sie den armen Mann umbringen?«, mischte sich die Graefe empört ein.

»Nein, indem ich ihm Geld anbiete!«

»Wer ist Hannah-Sophia?«, wollte nun Ingo Brandt wissen.

Maike warf der Bürgermeisterin und dem Reporter einen strengen Blick zu. Die beiden hatten den Anstand, die Köpfe zu senken.

»Und was ist dann passiert? Herr Sperling wollte Ihr Geld nicht?«

»Er hat sich nicht von seiner fixen Idee abbringen lassen, Hannah-Sophia kennenlernen zu wollen. Hat jemand mal ein Taschentuch?«

Katrin Körners Nase blutete immer noch.

Mit einem Kopfnicken gab Maike Lukas zu verstehen, dass sie damit einverstanden war, dass er den Pool umrundete und ihr ein Taschentuch reichte.

Um Maike herum beobachteten alle in gebanntem Schweigen Katrin Körner, die gleichzeitig versuchte, die Blutung zu stillen und ein Geständnis abzulegen. »Es war wieder genau so wie damals. Es hat nicht lange gedauert, und es sind die Fetzen geflogen. Ich hab nicht verstanden, warum er sich jetzt plötzlich für ein Kind interessiert, das noch dazu gar nicht in sein Leben passt. Das war wieder eine seiner hirnverbrannten Ideen! Aber nach ein paar Minuten hat er mir gar nicht mehr zugehört. Er hat mir gesagt, dass er von mir erwartet, dass ich die Vaterschaft umgehend klären lasse, weil er sonst direkt zu meinem Mann geht. Ich hab versucht, vernünftig mit ihm zu reden, aber er Er hat sich einfach umgedreht und mich behandelt, als wäre ich gar nicht da. Hat einfach seine beschissenen Übungen weitergemacht! Und dann hat er sich auf die Hantelbank gelegt und angefangen, Gewichte zu stemmen.«

Stille breitete sich im Raum aus.

Lukas warf Maike einen fragenden Blick zu, aber sie schüttelte ganz leicht den Kopf.

Die Graefe räusperte sich leise. *Wenn sie jetzt den Mund aufmacht,* dachte Maike, *dreh ich ihr den Hals um.* Aber die Bürgermeisterin blieb ruhig.

Endlich redete Katrin Körner weiter: »Die Idee war plötzlich da, als ich ihn so auf der Bank liegen sah. Ich wollte ihm nur ein bisschen Angst machen. Als er die Gewichtsstange wieder nach unten gelassen hat, hab ich mich rittlings auf ihn gesetzt und die Stange nach unten gedrückt.«

Die Hämatome am Hals der Leiche, dachte Maike. *Quetschungen von der Gewichtsstange.*

»Zuerst war er erschrocken, dann hat er wohl Angst gekriegt. Ich hab ihm gesagt, ich lass los, sobald er mir verspricht, dass er aus unserem Leben verschwindet und ich ihn nie wieder sehen muss, aber er hat nur den Kopf geschüttelt.«

»Und Sie haben einfach weiter zugedrückt«, vermutete die Graefe mit Grabesstimme.

Maike ballte die Fäuste, aber Katrin Körner sprach dankenswerterweise weiter.

»Plötzlich hat er ganz große Augen bekommen. Erst da hab ich bemerkt, dass sein Gesicht rot angelaufen war. Ich hab sofort losgelassen und die Stange von ihm gezerrt, aber er hat trotzdem nur da gelegen und den Mund aufgesperrt und einfach keine Luft gekriegt. Ich hab versucht, ihm zu helfen, ehrlich, aber da war es schon zu spät. Und dann hat er auf einmal dagelegen und nicht mehr geatmet. Und ich wusste einfach nicht, was ich tun sollte. Er war einfach tot! Einfach so – tot! Ich dachte, ich drehe durch.«

Jemand heulte auf: Giovanna.

»Bringen Sie sie bitte hier weg«, bat Maike den Kameramann, der ihr zunickte und Jonas Sperlings Lebensgefährtin sanft, aber bestimmt nach draußen führte.

»Warum haben Sie keinen Notruf abgesetzt?«, fragte Maike.

Katrin Körner senkte den Kopf. Sie musste nicht antworten. Hätte sie jemanden um Hilfe gerufen, wäre alles ans Licht gekommen.

»Ich bin dann raus und eine Runde um den Block gelaufen«, berichtete sie. »Ich wusste nicht, was ich tun soll. Als ich zurückgekommen bin, war Jonas immer noch tot. Es war schon so spät. Mir war klar, dass ich etwas tun musste. Weil die Putzfirma bald kommen würde. Also habe ich ... Ich hab ihn in den Pool geschleift. Ich dachte, vielleicht sieht es wie ein Unfall aus.«

»Und die Kleider haben Sie ihm ausgezogen, weil ...?«, fragte Ingo Brandt.

Der Kerl trieb Maike noch in den Wahnsinn!

»Ich hab gewusst, meine Fingerabdrücke hier im Studio, die sind nicht verdächtig. Aber die Spuren an seiner Kleidung ...«

»Was haben Sie mit der Kleidung gemacht?«

»Gewaschen«, antwortete Katrin Körner. »Und nach Köln gebracht. In einen Altkleidercontainer. Ich versteh einfach nicht, wie all das passieren konnte. Wieso er so schnell ...« Sie verstummte.

»Weil Sie nicht allein die Schuld am Tod von Jonas Sperling tragen.« Maike drehte sich zur Seite, um Sascha Dudenhöfer anzublicken, der neben Kai Bilinsky und Dirndl-Vanessa stand und Katrin Körners Geständnis mit offenem Mund gelauscht hatte. »Herr

Sperling ist an Atemnot und Herzversagen gestorben. Eine Reaktion auf etwas, dass er kurz zuvor zu sich genommen hat: *Metoprolol*.«

Sascha Dudenhöfer erbleichte, Kai Bilinsky trat einen Schritt zurück.

»Sagt Ihnen der Name etwas?«, fragte Maike.

»Aber ...«, stotterte der Regisseur.

»Ein paar Tabletten, zu Pulver zerstoßen in seinem Energydrink oder seinem Eiweißshake. Dummerweise hat er den jedoch nicht wie von Ihnen geplant vor den Dreharbeiten getrunken, nicht wahr? Sonst wäre er jetzt vielleicht noch am Leben.«

»Das kann nicht sein«, entgegnete Dudenhöfer. »Das ist doch alles Unsinn. Ich hätte nie ... Ich hätte doch nie! Das ist Unsinn!«

Maike richtete ihren Blick nun direkt auf Kai Bilinsky, der langsam Schritt um Schritt zurückwich. »Ich glaube Ihnen, Herr Dudenhöfer«, sagte sie, ohne den Regisseur anzusehen. »*Sie* nicht. Aber in Ihrer Crew gibt es jemanden, der mühelos an die Tabletten gekommen ist, nicht wahr?«

»Kai?!« Dudenhöfer klang ehrlich entsetzt.

»Sie haben geglaubt, Sie hätten einen Teil Ihrer Tabletten einfach verlegt, nicht wahr? Deshalb mussten Sie in Berlin auch noch einmal Ihre Ärztin aufsuchen.« Jetzt wandte sie sich direkt an Bilinsky. »Und Sie dachten, Sie sind ganz schlau. Nur ein paar Tabletten, gar nicht viele. Gerade genug, damit sie zu Erektionsproblemen führen.«

»Ach herrjemine«, kommentierte Bürgermeisterin Graefe.

Niemand achtete auf sie.

»Das Problem war allerdings, dass Herr Sperling Asthmatiker war. Und dadurch wurde Ihr kleiner Teufelscocktail zu einer tödlichen Mischung.«

»Aber das wusste ich doch nicht!«, verteidigte sich Bilinsky.

»Kai!«, rief Sascha Dudenhöfer entsetzt.

Dirndl-Vanessa schlug beide Hände vor den Mund.

Maike wollte gerade weitersprechen, als Bilinsky herumwirbelte und flüchtete.

Mist, fuhr es ihr durch den Kopf. Sie rannte ihm hinterher – aber Bürgermeisterin Graefe war schneller.

Auch sie rannte ihm nach – in einer Geschwindigkeit, die Maike ihr gar nicht zugetraut hätte –, katapultierte sich auf ihn zu, Oberkörper und Kopf tief gesenkt, als sei sie ein Stier und Kai Bilinsky das rote Tuch eines Toreros.

Trotz seiner Körpergröße hatte er keine Chance. Die Bürgermeisterin von Niederteerbach rammte ihn mit ihrem vollen Körpergewicht. Halb schob sie ihn, halb stolperte er nach hinten – bis zur Kante des Pools. Mit einem ohrenbetäubenden Klatschen stürzte er hinein. Wasser spritzte nach allen Seiten.

»Ha!«, rief Sabine Graefe und riss in Siegerposte die Arme in die Höhe. Sie konnte sich gerade noch halten, um nicht selbst im Schwimmbecken zu landen.

Zumindest, bis Ingo Brandt seine Stimme erhob. »Frau Bürgermeisterin. Schauen Sieh mal hierher! Bitte, schnell! Das wird genial!«

Maike sah, dass Brandt auf dem Boden kniete, die Kamera vor dem Gesicht, bereit, das Bild seines Lebens zu schießen.

Die Graefe drehte sich dummerweise auch zu ihm um – und verlor dadurch das Gleichgewicht. Mit einem spitzen, langgezogenen Schrei landete sie ebenfalls im Pool.

In diesem Moment machte Ingo Brandt sein Foto.

Kapitel 20

»Habt ihr es schon gelesen?«, fragte Lukas am nächsten Tag, als er zur Mittagsschicht mit einer Ausgabe des Niederteerbacher Volksblatts auf die Wache kam.

»Nicht nötig«, versicherte Maike. »Die Tachmoiner haben mir den Artikel heute Morgen schon unter die Nase gerieben.«

»Die Graefe-Lösung. Bürgermeisterin stellt Mörder.«

»*Bürgermeisterin geht baden* hätte mir besser gefallen.«

»In Niederteerbach wird Zusammenarbeit großgeschrieben. Gemeinsam mit der hiesigen Polizei konnte Bürgermeisterin Sabine Graefe gestern im frisch eröffneten Fit with Fun zwei Mörder stellen.«

Er hielt die Zeitung in die Höhe, sodass seine Kolleginnen das große Foto sehen konnten, das den Artikel illustrierte und von dem ihnen eine wie aus dem Ei gepellte Graefe huldvoll entgegenlächelte.

»Schade, dass sie nicht das Foto aus dem Fitnesscenter genommen haben«, kommentierte Gabi. »Das hätte ich zu gern gesehen!«

Maike schmunzelte. »Der Moment hatte was Historisches.«

»*Zwei Mörder stellen?!* Der Brandt bauscht die Beteiligung der Bürgermeisterin maßlos auf. Und wir werden noch nicht mal namentlich erwähnt!« Entrüstet warf Lukas die Zeitung auf den Schreibtisch und ließ sich in seinen Bürodrehstuhl fallen – der prompt ein knarzendes Geräusch von sich gab.

»Und auch kein Wort von dem Rosenmontagswagen in der ganzen Ausgabe«, beschwerte sich Gabi. »Dabei hat sich der Karnevalsverein mit den Figuren so viel Mühe gegeben!«

»Mit der Streithenne und dem Streithahn?« Maike blickte sie überrascht an. »Du hast davon gewusst?«

Gabi zuckte nur unschuldig mit den Schultern und biss in ihre Stulle.

Maike schmunzelte. Natürlich hatte Gabi das.

Sie wandte sich wieder an Lukas. »Ich hab übrigens gerade mit Jens telefoniert. Bilinsky hat alles gestanden und sitzt in U-Haft bis zum Prozess. Er hat wohl tatsächlich nicht gewusst, dass Jonas Sperling Asthmatiker war, und wollte ihm angeblich nur ›die Performance versauen‹. Das war ein Zitat. Dudenhöfer hat er auch entlastet. Der war nicht beteiligt.«

»Die beiden waren tatsächlich ein Paar?«, fragte Gabi. »Ich hab mir Bilder von denen im Internet angesehen. So rein optisch passen die ja eigentlich überhaupt nicht zusammen.«

Maike wackelte mit den Augenbrauen. »Gabi, Gabi! Was hast du dir denn für Fotos von den beiden im Internet angesehen? Etwa von deinem Dienstcomputer aus?«

Gabi wurde knallrot. »Nur auf Facebook!«, behauptete sie. »Nichts mit nackter Haut.«

Maike lachte.

Schnell wechselte Gabi das Thema. »Was ist eigentlich mit dieser Giovanna?«

»Scheint mit einer Anzeige wegen leichter Körperverletzung davonzukommen«, antwortete Maike.

»Und mit Katrin Körner?«

Obwohl er gerade erst gekommen war, holte Lukas eine Lunchbox aus seinem Rucksack und öffnete sie.

»Die ist auf Kaution raus.«

»Ernsthaft? Aber sie ist doch im Grunde genauso schuldig am Tod von Sperling wie Kai Bilinsky.«

»Ist ein komplizierter Fall. Unschuldig sind sie jedenfalls beide nicht. Ich bin froh, dass darüber das Gericht entscheiden muss und nicht wir.«

Gabi legte ihre Stulle beiseite. »Aus der U-Haft raus oder nicht: Ihre Tochter sieht sie jedenfalls so schnell nicht wieder.«

»Ach?«

»Ist noch bei ihrer Oma in Köln, die Hannah-Sophie.«

»Hannah-Sophia«, korrigierte Maike.

»Mein ich ja. Und meine Nachbarin, das ist die Cousine von der Nachbarin von der Oma von der Hannah-Sophia. Und die sagt, ihr Sohn will sich von der Katrin jetzt endgültig trennen. Er ist schon auf dem Weg zurück aus den Staaten und will sich um alles kümmern. Vor allem natürlich um seine Tochter.«

Maike schwieg. Vermutlich war es besser, wenn sie nicht diejenigen waren, die die Information in die Welt ließen, dass Hannah-Sophia nicht Malte Körners Kind war. Wobei sie das selbst ja gar nicht mit Gewissheit wusste. Ein Vaterschaftstest war bislang schließlich nicht gemacht worden.

»Was steht sonst heute an?«, fragte Gabi und wischte sich die Hände mit einem Erfrischungstuch sauber. »Der Sperling-Fall ist gelöst, jedenfalls für uns. Einen Termin im Kölner Polizei-Archiv habe ich bereits.«

Maike lächelte sie dankbar an. »Super. Danke dir. Die Chronik der Sargfabrik hat mir nämlich nicht wirklich weitergeholfen. Die war stinklangweilig. Was ist mit den Zumwinkels?«

»Heike Zumwinkel war heute Morgen da und hat ihren USB-Stick abgeholt.«

»War sie sauer, weil wir wegen der Geschäfte machenden Daisy nichts unternehmen können?«, wollte Lukas wissen.

Gabis Augen leuchteten auf. »Nein, pass auf! Die Zumwinkels und die Kolditz' haben sich gestern beim Rosenmontagszoff getroffen.«

Maike lachte laut auf. »Beim Rosenmontags*zoff*?«

Gabi blinzelte sie verwirrt an »Was?« »Du hast Zoff gesagt?«

»Echt? Ich meine Zug! Rosenmontags*zug*. Dort haben sie sich getroffen. Und sich tatsächlich erst gezofft. Aber irgendwann hat die Petra Kolditz der Heike Fotos von den Welpen gezeigt. Ihr wisst schon, die Welpen von der Daisy, die angeblich der Waldi gezeugt hat. Und die sind anscheinend so süß ...«

»Sag es nicht!«

»Doch! Die sind so süß, dass die Zumwinkels beschlossen haben, selbst einen davon zu nehmen.«

»Ach Quatsch, du spinnst!«

»Doch! Das regeln wir in Niederteerbach eben so. Jedenfalls manchmal. Und jetzt ...«

»Guten Tag, Frau Graefe!«, begrüßte Lukas die Bürgermeisterin überdeutlich, damit Maike und Gabi auf ihren Besuch aufmerksam wurden.

Als Maike sich umdrehte, stand Sabine Graefe schon mitten im Zimmer. Unheimlich, wie leise die Frau sich bewegen konnte.

»Einen wunderbaren Tag, allerseits.«

Ebenso unheimlich kam Maike das strahlende Lächeln vor, mit dem die Graefe sie der Reihe nach bedachte.

»Haben Sie einen Augenblick Zeit für mich?«

Nein, hätte Maike am liebsten gesagt. Stattdessen fragte sie: »Worum geht es denn?«

»Nehmen Sie sich am besten einen Stuhl, Frau Pech«, schlug Sabine Graefe vor. »Ich hab gedacht, wo wir gestern doch schon so schön an einem Strang gezogen haben, können wir heute gleich den nächsten Schlachtplan entwickeln. Es geht um das digitale Archiv.«

Maike wünschte wirklich, ihr würde eine plausible Ausrede einfallen, mit der sie sich aus der Affäre ziehen konnte. Aber so sehr sie sich auch ihr Gehirn zermarterte, sie hatte nicht die geringste Idee. Also setzte sie sich und stellte sich mit Gabi und Lukas dem Unvermeidlichen: der Graefe-Lösung.

Epilog

Am Dienstagabend um 17 Uhr saß Maike mit einem Kölsch auf ihrer Couch, vor sich eine dampfende Thunfischpizza und ihren Laptop.

»Fall gelöst!« Sie prostete Martin zu, der auf dem Bildschirm ebenfalls sein Glas hob. Er trank allerdings ein Pils.

»Kompliment, Frau Kollegin.« Er stellte das Bier beiseite und griff nach einem Pizzastück. Auch er hatte sich etwas vom Lieferdienst bestellt.

Er saß an einem kleinen Esstisch, hinter ihm an der Wand hing ein Bild, das die Skyline der Golden Gate Bridge zeigte. *Immerhin, weder psychedelisches Blütenmeer noch kopulierende Pferde,* dachte Maike. Martin Seidel hatte einen deutlich besseren Geschmack als Jonas Sperling. Sie hoffte, dass das auch auf die Wahl seiner Unterwäsche zutraf.

»Du wirst ja rot!« Martin grinste.

»Quatsch«, entgegnete Maike. »Außerdem habe ich den Fall nicht zuletzt dank deiner Hilfe gelöst. Der Vaterschaftstest hat mich auf die richtige Spur gebracht. Auf *eine* richtige Spur.«

»Wir sind eben ein gutes Team.«

»Find ich auch«, antwortete sie zögernd.

Martins Augen blitzten. Sie erkannte es ganz deutlich, sogar auf dem Bildschirm. Er biss ein weiteres Stück Pizza ab und kaute zufrieden.

»Sollten wir vielleicht öfter tun«, sagte er dann. »Zusammenarbeiten.«

Warum habe ich dich eigentlich nicht kennengelernt, als ich noch in Berlin gelebt habe?, dachte Maike. »Vielleicht ...«, begann sie, da klingelte es.

»Erwartest du noch Besuch?« Martin klang überrascht.

Schnell warf sie einen Blick auf die Uhr. »Erst in eineinhalb Stunden. Zoe und mein Bruder: Zur Nubbel-Verbrennung auf dem Marktplatz.«

»Zur was?!«

»Zur ...«

Es klingelte noch mal. Maike stellte das Glas ab und hob kurz den Finger. »Ist so eine rheinische Karnevalstradition, erklär ich dir gleich. Nur einen Moment. Wer auch immer es ist, ich wimmle ihn ab.«

Im Flur wäre sie beinahe über Tubbs gestolpert, was die Katze mit einem empörten Maunzen quittierte. »War keine Absicht«, verteidigte sich Maike.

»Ja?«, fragte in die Gegensprechanlage.

Jemand klopfte an. »Ich steh schon hier oben. Dein Nachbar kam gerade aus dem Haus, als ich ankam.«

»Sandro?!« Schockiert riss Maike die Tür auf.

Tatsächlich: Da stand er. Sandro Grasso, in Jeans, weißem Hemd, einem hellgrauen Jackett – und mit einem strahlenden Lächeln.

»Überraschung!« Er streckte ihr eine Packung Marzipanpralinen entgegen.

»Sandro«, wiederholte Maike, etwas ratlos. Sie spürte, wie ihr schon wieder das Blut in den Kopf stieg. »Ist heute ... Entschuldige, hab ich was verwechselt? Ich dachte, wir wären morgen Abend zum Essen verabredet.«

»Sind wir auch. Aber ich war gerade beruflich in der Ecke und dachte, ich kann doch nicht zurück nach Köln fahren, ohne dir zumindest kurz *Hallo* zu sagen.«

Maike wusste nicht, was sie darauf antworten sollte. Ein Teil von ihr freute sich, Sandro zu sehen. Der andere Teil von ihr war sich überdeutlich des Laptops auf ihrer Couch bewusst.

Sandro ließ die Hand sinken. »So sprachlos kenne ich dich ja gar nicht.«

»Nein, nein, es ist nur ...« Sie deutete hinter sich. »Meine Wohnung ist gerade nicht auf Besuch eingerichtet.«

»Kein Problem. Wie gesagt. Ich wollte nur Hallo sagen und dir die hier bringen.« Er wedelte mit der Pralinenpackung in der Luft. »Und ich dachte, ich frag dich, ob du Lust hast, mit mir spontan was trinken zu gehen. Wie sieht es aus?«

»Ja. Äh. Komm doch erst mal rein.«

Sie trat zur Seite und ließ Sandro in die Wohnung. Mit einem breiten Grinsen drückte er ihr die Pralinen in die Hand und zog die Jacke aus.

Ratlos blickte sie über die Schulter nach hinten, zum Wohnzimmer, wo am Laptop im Videocall Martin auf sie wartete.

Shit.